陈先发 著

黑池坝笔记

修订本

时代出版传媒股份有限公司
安徽教育出版社

图书在版编目（CIP）数据

黑池坝笔记/陈先发著.—2版(修订本).—合肥：安徽教育出版社，2021.6

ISBN 978-7-5336-7918-7

Ⅰ.①黑… Ⅱ.①陈… Ⅲ.①随笔－作品集－中国－当代 Ⅳ.①I267.1

中国版本图书馆CIP数据核字（2021）第016572号

黑池坝笔记
HEICHIBABIJI

出 版 人：费世平
策划编辑：何　客
责任编辑：何换生　金　雯　黄晓宇
封扉设计：刘运来　王莉娟
美术编辑：张鑫坤
责任印制：陈善军

出版发行：时代出版传媒股份有限公司　安徽教育出版社
地　　址：合肥市经开区繁华大道西路398号　邮编：230601
网　　址：http://www.ahep.com.cn
营销电话：(0551)63683012，63683013
排　　版：安徽时代华印出版服务有限责任公司
印　　刷：安徽新华印刷股份有限公司

开　　本：880毫米×1230毫米　1/32
印　　张：9.75
字　　数：195千字
版　　次：2021年6月第2版　2021年6月第1次印刷
定　　价：68.00元

(如发现印装质量问题,影响阅读,请与本社营销部联系调换)

目　录

辑一　　　　　　　〇〇一

〇〇一—三〇七

辑二　　　　　　　一〇三

三〇八—五九五

辑三　　　　　　　一九九

五九六—九三九

辑一
〇〇一—三〇七

○○一

　　思想对行动的无效性愈强，就愈成全其自身。它无与伦比的纯洁性让孤独的人舍生以往——是飞矢烂于它的不动之中，是镜子消融于我的显隐之际，是磐石奔走于它的有无之间。
　　没有赐予。没有被读。

○○二

　　过度让位于修辞，是这一代人的通病。
　　语言牢牢占据着我们内心想要坐地成仙的那块空地。当思想交出局限的自我，他者占据着这块空地。我们退至修辞中呼吸。可共享而不可被拆解的，如微风拂过，凛厉无比。

○○三

　　一个人死去之后的存在感，是艺术所剩的最后一个难题。古《诗经》的箭镞仍在射向我们的心脏，它的温度，仍在将它射出者的手心搏动。无法追问我们将去何处，我们将被穿过。而我的箭矢也将洞穿那些早已死去的人。
　　艺术将死化为一种庞大的假象。在我的目力所及之处，并不存在任何一个局外人。比如，我们仍活在嵇康*之中。而反过来，也是一个重要的命题。

○○四

有时我想，我究竟爱什么样的女人呢？西尔维娅·普拉斯？葛丽泰·嘉宝或者柳如是**？这样一想，爱就变得毫无生机了。她们仗着什么活在我的心里呢？说她们是被悄然置换过的我自身，无疑是不可靠的。如果，她们仅是无名无姓，散坐在傍晚河边，浑身湿透，乳房肿胀，只剩下器官之胀疼这一样，只剩下献身。

可悲剧在于，我爱的只是黑暗中的符号，是版本，是与本体若即若离的喻体。

○○五

在京城之夜路遇红灯。我摇下车窗，问路旁妖娆拦车的风尘女子："以前做什么？"她猛地愣了一下，继而哈哈大笑着说是"乡政府的炊事员"。这一愣叫我难忘，它附着于笑声混成的感染力，随着我的车轮滚滚向前。这一愣之后，她贯通了，没有断裂，没有消耗。她从她之中脱身而出了。

---

* 嵇康（二二四—二六三），三国时期魏国谯郡铚（今安徽省濉溪县临涣镇）人。音乐家、诗人，"竹林七贤"之一。主张"越名教而任自然"。后人辑有《嵇康集》。

** 西尔维娅·普拉斯（一九三二—一九六三），美国自白派女诗人。著有《巨人及其他诗歌》等。葛丽泰·嘉宝（一九〇五—一九九〇），瑞典女演员。柳如是（一六一八—一六六四），明末歌伎、诗人。著有诗集《戊寅草》等。

〇〇六

孤月高悬。心耳齐鸣。见与闻，嗅与触，出与入，忽高忽低，忽强忽弱。心脏可以摘下来点灯，五官混成一体。

我若开口，便是陷阱。

〇〇七

死亡不值得赞颂，它远非明觉本身。土中有，椅中有，布中有，溺中有。有则不满，扣之恍惚。无中忽有，达到颠覆。

而自杀，是必须讨论的问题。自杀是对既有的舍弃，也是对屈辱的回报。但它所指向的自足性是不可能完成的——除非我们对它的生一无所知。

〇〇八

黄叶飘下，亦为教诲。

〇〇九

当一条河流缺乏象征意义时，它的泡沫才不致被视为本质之外的东西。

〇一〇

最开阔的心灵源自独裁。为专制而敲的钟声,是一把不锈的钥匙。我们需要在语言与思想的结构中为独裁立一个带血的灵牌。

〇一一

有时我会诱导五岁的儿子在算术题上得出丰富的错误答案。这与老师们所做的努力正好相悖,也违反了既定教育的全部要义。但我要令他明白,规则源于假设,要充分享受不规则的可能性,要充分享受不规则的眩晕与昏暗,要充分享受不规则的锯齿状幸福感,才不致辜负大自然在一具肉体成长时所赠予的深深美意。

〇一二

月缺,不一而足。
以其"不一"生不纳之美,以其"或一"成不缺之相,以其"如一"证不失之心。

〇一三

父母命令我杀鸡。我不能拒绝这个被生活缚定的使命。

我提着刀立于院中，茫然地看着草坪上活蹦乱跳的鸡。我在想，我杀它的勇气到底来源于哪里呢？我为什么要害怕呢？突然间想起了戊戌刑场上的谭嗣同*，一种可怕的理想冲至腕中。是啊，我使出当年杀谭嗣同的力气杀了一只鸡。这无非是场景的变幻，正如当年的刽子手杀谭嗣同时，想到的不过是在杀一只鸡。相互的解构，无穷的挪动，从具体之物的被掏空开始了。

〇一四

呆子，看枪——
她哭了。
舞台上的湖水看着堤坝中的湖水。臆想中的光线与窗栅外的光线分立于帘子两侧。为了这种深深的相互映照，语言已积攒全部的勇气做了准备。

〇一五

我想摔碎一只杯子。它的本质就是"碎"，只不过我必须先赋予它完整的名义才能将它再次击碎。它生命的全部属性在于撞上地面的那一瞬间。

---

* 谭嗣同（一八六五——一八九八），湖南浏阳人，清末维新志士。一八九八年参加领导"戊戌变法"，失败后被杀，为"戊戌六君子"之一。代表作品有《仁学》、《寥天一阁文》、《莽苍苍斋诗》、《远遗堂集外文》等。

○一六

战栗,是最古老的,也是最新鲜的;是唯一没有遮蔽性的,也是事物最恒定的意义。

○一七

假设松树是自在的,它的葱绿,是阻隔我与它的一堵墙壁。假设这就是界限,是绝望的本身,我们像两个盲者各据一边。

这种"假设"等同于它的葱绿,可作壁上观。

○一八

一个人可以同时是猛虎又是骑在虎背上的人。而一个人不可能既是磅礴的落日又是个观看落日的人。

○一九

诗的意志力无法确立在炫技的冲动之上。炫技及其五彩斑斓的心理效应不能充足补偿它在诗歌内部意志力上形成的缺口,但我们也不妨认为,炫技并非导致艺术窘境的根源。愈是空洞的时代,在与它对应的写作镜像中,就会涌现愈多的偏激天才,以炫技作为必要的手段,投其勇敢之心维系着那个时代本质上荒凉无收的劳作。

〇二〇

垂首久立于小院中。我身边的所有物体都在鸣叫。那些微似芥末的昆虫、那些深植于无用的弃物、那些状似虬龙的老榆，既为头顶星空的浩瀚而鸣，也为自己体内的浩瀚而鸣。

我们以物象来识别事物，也深知从无一种鸣叫来自这表象。建筑于这强设之上的，是我们深知唯有语言才是能刺破万象、熔它们于一炉的第三体。它驱动这悠久的鸣叫、双向的格物，它呼应着我的不渴而饮。

〇二一

心中有乌托邦的麻雀嘴角淌血，它被鸣叫累垮之后形成的短暂空白，常被误解为有所不鸣。

〇二二

语言向写作者发出的呼救，要远高于我们在写作困局中对它的呼救。当语言被禁锢于它原有的状态中，它的焦灼在一个时代的言说方式中蔓延。

伟大的诗人正受益于他牢牢地抓住了这神秘的呼救声。

〇二三

　　行人把枯草中的绳子看作毒蛇而心生畏惧，与蛇形成印证的是不再是绳子，而是畏惧本身，是我们自身在蛇群中的绳子上滑动。或者，我们有能力将一根真正的绳子化为一条蛇。
　　诗性的统领与即兴的出入赋万物以灵通。

〇二四

　　流星砸毁的屋顶，必是有罪的屋顶。我是说，我欲耗尽力气，把偶然性抬到一个令人敬畏的底座上。

〇二五

　　思于行，是一个负数。是杯子可见的玻璃部分，向其中被命名为"空"那部分的塌陷——光向影的塌陷。诗人，是人群的负数，它代表所有肉身朝向未知，并因黑不见底的可怕热忱而形成大幅度塌陷。

〇二六

　　天翻地覆，露水不动。如果没有这滴露水，天翻地覆即是假的。此露为核，统摄幻觉。此露为真，无誉无毁。

〇二七

"柚子比黄桃好吃。"关键的问题是你必须预设无数的限制条件,才能使此判断不被攻破。自由毫无意义,唯严酷的限制指向生成。

〇二八

以柚子和黄桃为喻,最好爆发一场战争。倘黄桃体内"能指"的汁液不被吮尽,"所指"就无法显示出来。吃黄桃的人和吃柚子的人,须远走避祸。如果黄桃和柚子打起来,将是一场真正意义的语言学战争。

〇二九

所谓传统,不过是些往事而已。所谓写作的后现代性,不过是句谎言而已。墙是往事的一部分,砸墙的铁锤,也是往事的一部分。

〇三〇

每条河流皆由不可拆解的三部分构成:"水"、"流动"和"我"。倘无"我"之映照它如何被言说?甚至连呈现与"不在"都是不可能的。

明觉恍兮，著言不空。是的，它有三部分，不可能更多，也不可能更少。

〇三一

或说，辩证论者所谓"二分法"之谬在于，为"分"立法的尺度、仲裁，必与"二"同在。控制世界的最小约束题应为"一分为三"，大于三，它将瘫痪为逻辑上的废物。小于三，知识与信仰都将消失，震悚与神圣都不会形成。

〇三二

疯子或白痴、乐师或巫师、诗人——人类最灿烂形体的持有者。他们的到来可视作：（A）人"活着"时最后的自我抵御；（B）造化与其忤逆者签订的最仁慈的契约，他们的语言，他们的沉默将为恶立靶，让他者以观其矢；（C）三位一体亦不能堵住的缺口，人类自身无法填补。

〇三三

三月的河豚跃出水面。仅仅"被看到"的河豚是无毒的。

我们觉得它有毒，是因为"死者在场"。我们看到的不再是河豚，而是别人死亡经验中冲出的符码。

死者分享了我们的观察、记忆、对立和言说。

〇三四

微风过枝,无穷动。

颠破者所携之惊怖未击穿我们,因为我们知道有不动混成于天地之先。不动并非假设,亦为抵达的台阶。感官雷动,有默为基。默中之默,犹巨枝生于微风之中,不解己之为枝,不知风之微动。相互咬合,无技可分。是谓无穷,值大道潜行之时。

微风过枝,也是真理过枝。

〇三五

结构的空白,正是思想的充盈之处。
剥开那空白,赤脚去突破语言的障眼法。

〇三六

美即有用动身前往无用。

〇三七

我看见一株柳树在那里。那么,在我看见它之前,这株柳树在哪里呢?我们无法用此时的"其在"证明彼刻的"其不在","那已经在那里的"看上去难以撼动分毫,其实真正危险的正在于它的"近似于在"。柳枝无限精微之拂动仿佛又宣称其"近似于不在"。可以肯定的只有一点：不管它如何悖离自身，它仍在语言所能表述的限度之内。

〇三八

遇见柳树，幡然断喝一声："柳树！你是如何表现出你自己的呢？"

问题在于，到底是谁在发问？

"唯我论"这块老骨头有时在我们的喉咙中，有时又不在我们的喉咙中。维特根斯坦*说，哲学的要义在于指出苍蝇飞出瓶颈之路。可要命的是，看见了瓶颈的人往往正是制造了瓶颈并自虐般把"我"闭于其中的人。"遇见柳树"本质上是一种思想的结果。

〇三九

柳树是一个白痴，它总是先于我们进入到一种"不可问"的状态里。

〇四〇

我迷恋圆锥体。乳房被吸瘪了呈现出圆锥形的变体，难

---

* 维特根斯坦（一八八九——一九五一），出生于奥地利，后入英国籍。哲学家，语言哲学的奠基人。著有《逻辑哲学论》、《哲学研究》等。

道仅仅因为圆锥体有一个"顶点"并能从那里喷射出思想的乳汁吗?显然不能挪用一种简单的物象去遮蔽一个如此重要的命题。那么,我到底是迷恋"圆"、"锥"、"体"三个字(或"yuan"、"zhui"、"ti")或其组合隐含的神秘逻辑?还是迷恋它所能表达的(或用英语 Cone、西班牙语 Cono、德语 Deutsch 同样能指向的)那一类物体呢?问题的关键并不在这里,而在于"我迷恋圆锥体"这个定义已经形成了。它的后果是未知的,它已经发生的作用亦是未知的。像任何一个来历不明的陈述一样,它勃发的生命力远比那些能追溯出源头的东西要有力得多。

○四一

关于诗歌中的体验我们理应追问得更多。一类诗歌的体验,它所要求的"在场",其实包含了一种担心自我从附着物上消失的惊惧,比如安妮·塞克斯顿*。另一类诗歌醉心于诗性的超验而降低了对具象的描绘,它以"拟在场"克服了这种个体恐惧而抵达更高层面的真实,比如李煜**。

○四二

往昔是一种假定。

---

* 安妮·塞克斯顿(一九二八—一九七四),美国自白派女诗人。著有《生或死》、《变形记》等。
** 李煜(九三七—九七八),五代十国时南唐国君,诗人。

〇四三

建筑在"往昔是一种假定"这一基础上的是另一个命题，即唯语言层面的真实才是"仅有的"和真正可靠的。中国人以因果轮回把所有时间内与空间内的孤立事件与物象，串连在了一起并赋予其逻辑性，让"此时"、"此地"、"此事"、"此相"不再无所依傍。那些杳无所踪的往昔便清晰地从"镜子"底部浮现出来，因明果白，像假定的"一加一等于二"一样拒绝了所有怀疑。不妨认为这镜面便是我们所依赖的语言，而因果轮回便是语法规则。

哦，我们的往生是一群白鹤。这不是可能性的一部分，而是可能性的全部。

〇四四

人既不能固守自身，又有何事不能释怀呢？

〇四五

你如何把对"红色"的感受完整地传递给另一个人呢？你如何验证在他的神经元上映出的正是你所输出的？你又如何向一个瞎子传递对"红色"的认知呢？你或许会武断地向他释义："红色是沉闷。"这里的指涉发生了极大的篡位，你告诉他（我们或多或少地是这个瞎子）："柳树！你从未目睹过的柳树,是一种忧愁。"告诉我,这时究竟发生了什么?指向的(雷鸣般的)紊乱就这样产生了。所以,物永远不等同于它自身。物总是大于或小于它自己,这就是物的虚幻性。

我们活在物的溢出来的部分之中。我们活在词语奔向它的对应物的途中。

○四六

尺子在物体上量出"它自己",这如同我经常用自己的逻辑去揣度"我之外的"一切。

当尺子显现时,它几乎类同于我:一种从未挨过饿,也从未被充分满足过的怪物。

○四七

一切活着的东西,皆为心灵的摹本。

○四八

一把壶从桌上滑落。"我接住了它"这一命题,在我的手触及它"之前"就已经完成了。我伸手的动作不过是对该命题的一种翻版和抄袭。而它,也不再是一把壶,而是"一把差一点就被摔碎了的壶",它已经完全不可能回到它"原来的位置"上。这里涉及一个命名的问题:命名把事物在语言中的"对应者"侵占了,一旦有新的意义负载形成,它就迅速地背叛了它自己。所以我说"柳树"之时，柳树已经不在了。这种无常，不应被作为烙印打在我们所经历的事物上，而恰是（我们的）语言最本质的属性之一。

〇四九

艺术最基本的推动力出自逃避和被驱策，而非某种引导。难道真有什么在高处引导着我们的行走吗？不，从来没有。恰是我们背后或自我底色中的某些东西如恐惧、影子、扭曲、歇斯底里等在驱赶着我们，向着前方的茫茫雾气。这团雾气不是别的，正是"良知"本身。人类最本质的行走叫艺术，即"致良知术"。

〇五〇

落日当前。
落日是我穿过的一件旧衣服。你也穿过。难道你还指望我说出点别的什么吗？

〇五一

从对立中返抵自身的事物，是最清晰的。或者说，任何事物皆具命定的批判者的身份。通过对对象物的批判来到达自身，摆脱自身的"被丢失状态"几可称作认识的必修课。正如前述，"遇见柳树"是一种思想的结果。柳树的"纯在"

与它在自我命名意义上的"纯无",本质上并没有什么区别。"纯在"与"纯无"是两种需要相互嵌入才"可能"呈现的不可能状态,而一旦两者间的对立与交织开始形成,海德格尔*所谓的"林中路"便无法遮蔽地出现了。这也是所有词语(与命题)的生存之路。

○五二

　　果熟畏枝。花红忘言。

○五三

　　从亚里士多德**到维特根斯坦早期的漫长时日,西哲们固守实体主义作为立言之本。他们认为:世界上只有实体才是真正的独立存在,语言与"简单物体"(simple object)之间存在着对应的关系,正是"简单物体"及其关系构成了语言的固定的意义。在这里,语言是必须及物且附生于物之实义、离而即死的。所幸的是,晚年维氏彻底否定了早期观点,创出了语言游戏说,承认语言有不及物而自我演进的能力。这个论点互否的过程,如同从"有强大意志力却僵死着的冰恢复为鲜活的流水"。

---

　　*　海德格尔(一八八九—一九七六),德国哲学家,二十世纪存在主义哲学的创始人和主要代表之一。著有《存在与时间》、《林中路》、《路标》等。
　　**　亚里士多德(前三八四—前三二二),古希腊哲学家、思想家。著有《工具论》、《形而上学》、《政治学》、《诗学》等。

而在东哲（老子、龙树*）这里，语言一直是与物若即若离的独立存在，语言之无限灵性远大于且覆盖着物。如果语言和实体之间真有不变的对应，那么"空"对应什么呢？老子说："凿户牖以为室，当其无，有室之用。""无"既充入物的自性，又有容纳思想本身的"室之用"。语言以其"及物"而能够被把握，又因其"不及物"而灵动自如，随心灵震动不已。

○五四

"如何成为一棵柳树？"是每棵柳树都沉浸其中的一个问题。

无须象征和隐喻，对"已经形成的"东西进行直接抵抗和防御。

○五五

任何一个四边形的里面必然有一只猫，如果你在四边形里面能够放置一条鱼的话。

"自我"像这只吃饱了的猫一般必将远遁，而四边形必将长存。

---

* 老子（约前五七一—前四七一），姓李名耳，字聃，春秋时期思想家、哲学家，道家学派创始人。存世有《道德经》。龙树，印度古代佛教哲学家、逻辑学家，印度大乘佛教中观派（空宗）的奠基人。

〇五六

"猫"——这一语言指向中的符码像鬼魅一般紧贴着"猫"这一生物体,在屋脊上跳跃。如果它是一种尚未被命名的生物体,它的身子是否要更轻盈一些?这种强制性赋予的符号会不会得不到被授予者的认同?当然不会,语言以其神授为世界造就了一种各安天命的秩序。如果没有这种秩序,心灵的镜子就什么也映照不出。而这秩序又是如此脆弱,当"一群"灵性毕现、内心各异的猫,在屋脊上跳跃时,我们的困境似乎就产生了。除了把同一符码赋予它们以外,我们还能做些什么?它们的差异性——那"已经显现出来的"和"尚未显现出来的",在哪里?

〇五七

开花,"或许"只是植物某种疾病、官能性抽搐、不可控臆想的结果,这类同于诗歌对语言的运用。

不能被既有经验确认的此"或许",成就了创作的冲动。如果开花是植物的"创作",我们不妨认为他们的局限跟我们是一致的,即永远不能把花开成"他们想成为的那个样子"。

〇五八

梨花点点,白如报应。

○五九

到底什么是"报应"呢?报应有没有能够被逻辑学允许的确实性呢?如果一个人把房屋建筑在河边,那么,"岸上风光"对他是有确实性的。如果一个人把房屋建筑在大漠深处,那么"岸上风光"对他意味着什么呢?他甚至在想,我可以用死来换取我"来世"(这个概念在某种时刻,是一种捂不住的冲动)居住在梦中曾企及的那种景象里,那么,报应就成为"一种可以用死亡来换取的东西"。你能推断出:他愿意用死来换取的东西,"在他那里"不具有确实性吗?因为限定过于严格,它几乎是不能被传递的。

○六○

梨花在空中滑了一下。

梨花时刻在刑场中。当你在"死后"或性无能时,会觉得梨花异常地美,这难道不是一个语言学的问题吗?在多数时刻,梨花和(我们的)语言生着同一种病。

○六一

猫投射在我们视觉中的影像,到底是猫的一种"创作"呢?还是"我们自己心灵的创作"?或许也是一种报应,即猫"不得不"承担起我们所看见的"那个样子"。

诗人们往往陷入这样一种惰性中，即要求与白痴一样获得某种"豁免权"，不必用混账的逻辑学来证明他们确信并正在说出的一切。如果这种"豁免权"遭受怀疑，语言的灵性将会丧失殆尽，诗歌对哲学的拯救也将被迫终止。此"豁免权"是四边形的，诗人们和猫可以自由出入。

○六二

梨花是我的假想敌。
梨花也包含着对"观看者"的内心和语言的追索能力。

○六三

我要建设一座既不实有也不乌有的语言之塔（里面住着植物、跛子、副词），在"语言游戏"这一人类最本真行为的凝固下它不会倒塌。你看不见它的可能性是"○"：因为你会经常在内心反驳或怀疑一些东西，你会因"误置"一些词而获得意外的言语快感，你的"歇斯底里"会在独处的时刻窜出来吓你一跳。那么，好，你事实上参与了我这座塔的建筑。"我的"，只是一个随时可被摧毁的代码。这也并非什么形而上的阴谋。如果你进入，你会发现"植物的最静止的肉体"，你会发现自己不过是一个根本不可能自由操控母语的"跛子"，你会发现自己是一个可悲的"副词"。

〇六四

她在开始长阴毛的那一年,特别恐惧"看梨花"。

她小心翼翼地行走,像胯间夹着一头巨大的独角兽。这无非是说,一个原本看不见"自我"的词醒来了。她几乎在同时发现了另一个词(梨花)"新的意义"。可是,这种不可遏止的惊惧,这种清澈无比的"畏"到底来自何处呢?

〇六五

"空白"有着非同一般的表现力。宋代马远*作画,只在纸的局部落墨(史称"马一角"),那么他置下这大片的"空白"干什么呢?绝不可将此被语言符码围困着的"空白"等同于"无",本质上,它是"语言不在场状态"。而这种"拟"状态,恰是语言最蓬勃有力的形态之一。

〇六六

蜘蛛战栗。它一定是感受到了"一个词"。如果这个词在一个完整句式中形成了固定的意义,蜘蛛的战栗立刻就会消失。

在它自己的语言系统中,蜘蛛是一个形式主义者。

---

* 马远(约一一四〇—约一二二五),南宋画家,与李唐、刘松年、夏圭并称"南宋四家"。存世作品有《踏歌图》、《水图》、《梅石溪凫图》、《西园雅集图》等。

〇六七

诗歌所图的是置位于语言的"经验之外"。诗歌的力量被要求用于形成语言新的矛盾,此"形成"等同于"解决"。并不需要诗歌来缓释你这具具体的肉体的矛盾(比如某种形式的抚慰、抒情等),也不存在所谓孤立的生活经验问题。生活经验最终需要藉语言之途来到达,难道它就可以以不顺从语言矛盾的方式闯入诗歌这种载体?或者说,语言就是一种最重要的生活形式,而不是相反。严格地说,"载道"是诗歌的一个负面的和次要的意义,是一个"偶然事件"。

〇六八

"残忍"近乎美德。

〇六九

传播力强是事物(符码)庸俗性的最好解释。当某种语言产品从"A"传递到"B"再传递到"C"时,它所附着的意义是递加的,而不是我们通常所认为在传递中形成某种损耗。传递的链条越长,对它原貌的悖离就越大。而在传递中递增的东西恰恰最与本质无关。这种递增是阅读者天赋的权力,也是庸俗性本身。上述此种语言产品,在创作者那里,随着时日轮替,它的附着物也是递增的。没有一个人是他自己精神产品的"真正主人",连"付之一炬"都不能为这种向庸俗性的沉沦减速。

○七○

月下观察蜘蛛的少女在长着阴毛。

少女和蜘蛛,她们将用两个不同的"词"来对应梨花的白,她们的词都以其强大的催化作用"加深了"梨花在正常视觉中的"白"。但此要义,跟她们究竟有什么关系呢?她们完全地处在"两下里无辜"的状态中。

○七一

天才唯一的特点是直接说出。

手伸到对岸,造出亭子,无论这河有多宽。他的手直接放到了对岸。

○七二

所有"容易的",本质上都是无意义的,都是恶的。

屈从于那些已经形成的东西,是最大的精神恶习。相对于那种靠折磨肉身以求觉悟的"苦行",诸如嗜吃牛粪、一辈子让一只脚永不落地、天天滚着上山等实践,真正艰难的苦行或善途只有一种——那就是以时时对语言(符号)的觉悟和犯险,来找到并唤醒自身。这几乎是唯一的修心之道,也是殿堂本身。

〇七三

苹果垂直地砸中牛顿*。
苹果在下坠中要拐个大弯,才能砸中我。
诗歌语言在人类时而避开的神授意味中。

〇七四

到底有没有所谓纯正的语言传统?我的回答是宁可或接近于"没有"。对"传统"的过度释义与一刻不停地扭曲(对自以为正道之释义的反抗),历来就是最大的传统。当下的许多写作已退到要对古汉诗进行意义翻版或同境再构的地步,不能不认为这是一种文化的至弱品质,是一种文化的戾气。(就我个人的写作,我只是在做"我的语言能力范围之内的事情,我会尽力到达这种能力的边界"。如果我的个人语言能力与历史有某种潜在的承袭关系,那么我也不会动手去解除这种关系,事实上我对它无能为力,它被放大或篡改来源于当下多种因素对它的制约。)如果粗浅地把传统等同于"已经形成的能力系统",那么讨论传统的唯一意义在于:如何站到这种能力系统的"外面"?唯有如此,真正的文化自信才能确立。

---

* 牛顿(一六四三—一七二七),英国物理学家。在力学上,提出"万有引力定律"、"牛顿运动定律"。著有《自然哲学的数学原理》、《光学》等。

○七五

　　当少女为不能克制的自渎而耻见梨花时，时间和光线在梨花附近发生弯曲。

○七六

　　当世界上存在至少一种"不是猫的事物"时，猫才能"被看见"。当猫显现时，限制着它却又允许它自由出入的四边形同时"被看见"。而在猫的眼里，四边形里永远限制着"别的事物"。它也会清醒地意识到自己不过是一个可被完全替代的符号。它渴望的是，替代自身的是养活过它又被它彻底消灭了的"那条鱼"。正是如此，符号的意义在于它不断生成别的事物，因为"它是人类最主要的精神食品"。

○七七

　　思想对于思想者，全无神圣性可言。它类同于少女的纯器官性自渎，是含有娱乐性的一种行为。器官在充分满足后的虚空为思想提供了足够的空间。
　　这个空间里有一树梨花。
　　此梨花无疑是圣洁的（否则人类还有什么指望呢?），但这圣洁既不来自少女，也不来自梨花本身。

○七八

我的胡说八道（或自渎）还远远不够，不能匹配梨花的"白"和猫的自由。我来到四边形里面，刚刚抓住那条鱼，而猫早已"夺取我的位置"站在了四边形的外面。我不能认为"我"是一个不具替代性质的特殊符号。但，如果我和猫共享同一逻辑，那么这种状态是否就是唯一被禁止的呢？

○七九

严格说来，"少女"是一种无肢体动物，是一种靠想象力即兴生成的短暂的动物。在词语中，"少女"是一个几乎不能被有效使用的名词。

○八○

声音是符码的最高形式，也是符码最有力（和最有破坏力的）的形式。在它的面前，所受者的主要反应是"顺从"，所以当猫的声音传来时，四边形里的鱼会瘫痪。而这种形态转换为行动，比如猫扑过来时，所受者（鱼）会激发出最大的身体潜能抵抗（避开）。在少女那里，梨花也是有声的，"白"是一种让她惊恐万状的"声音"。"白"也是一种教诲，在压迫着她的喘息。人类一切最难以精确传递的内心符号往往要以最极端的声音形态（哭声）来表达，而"谛听"则成了净化内心最直接的手段（如倾听"流水"和"松涛"等）。声音呈现，逻辑障碍立刻壁摧瓦毁。但同时毫无疑问的是，能发出"声音"，乃人类最大的弱点之一，为了让内心符号能以声音的形态传播，莎士比亚不得不把众多深重的"隐喻"浅化为拙劣不堪的"明喻"（在诗以口诵的唐代，李商隐所做的正好与莎士比亚相反）*。也因为如此，永远不要把"你听见的"当成"你识破的"。

〇八一

我至今是个一无所悟的白痴，标志之一是"总在用陈述句来毁掉这个世界"（不是少时的疑问句和老来的感叹句。疑问句和感叹句，是使世界建立起来的句式，是使世界呈现色彩的句式。唯陈述句能毁掉它所总结的这个世界）。陈述句是"到来的"，更是拒绝的。而"悟"，也不再是我的方式。渐悟不是，顿悟更不是。因为不再有什么外在力量需要我去抓住。连四边形和梨花，都不过是我体内的东西。我拿来就用，也不再有什么外力能控制我了。"我"也被我拿来就用。

〇八二

世界上只有两样东西：一样叫狗屎，一样叫菩提。

---

* 莎士比亚（一五六四—一六一六），英国戏剧家、诗人。代表作品有《威尼斯商人》、《罗密欧与朱丽叶》、《仲夏夜之梦》等。李商隐（约八一二—约八五八），字义山，唐代诗人。著有《李义山诗集》。

并无天赋的权力让你择一而居,辩证法往往让你误以为你是区别于它们并给它们命名的"第三样东西"。狗屎回避的是菩提。菩提回避的是自身。狗屎和菩提,我拿来就用。这多么可笑,多么否定,又多么地难以描述。

〇八三

放眼看去,大地上的一切都是答案。

落日是一个答案,绳子也是一个答案。"它们在回答些什么?"这个疑问始终只存在于那些依赖提问才能活下去的人心中。他们是"一个"灼热的人,而不是"一群"灼热的人。

他们的悲剧性在于:顺着一根绳子的远行,往往再也回不到绳子那里。

〇八四

在我的眼里,梨花是慢的,但慢得还不够。

我们各自的"看见",也在各自的障眼法中。在时间系统里,花开到花落的长度,完全等同于我从生到死的长度。一丝一毫的逸出也没有(轮回正是如此完整),这得听命于纯粹理性的安排。它被关闭在花的形状中,我被关闭在人的形状中。我们唯一的沟通在于我们都被关闭在"一个词"中。我们只有在语言中交媾才能互相"看见"。在演化为视觉的空间系统里,它把它的蓊郁交给我,它把它的摇曳交给我,它把它的战栗交给我;我把我的第一个陈述句交给它,我把我的最后一个陈述句也交给它。我们都不能从关闭着我们的形状里"走出来",我们死死地抱着"自我"在那儿笑。梨花白了,正是陈述句形成之时。

是的,它慢得还不够。如果它不动,它就是无坚不摧的。可惜它在"慢"着,它只能做"那被摧毁的"。对我这样的人,我需要确信世界已经存在着最少一种完全不动的东西。

〇八五

聒噪的,即是低下的。
只有梨花对应它自己时,才是唯一的例外。

〇八六

背叛的意义完全不在于它所否定的那个东西。背叛本身的斑斓才是真正蛊惑人心的。它所推翻的那个东西只是它的道具,只是一个寡淡的影子。真正的天才只在迫不得已时才拿起背叛这种武器,且视之为恶疾。如果背叛是三角形的,锋利的,其实它只是包含,而且是不被理解地包含在肯定形态的四边形之中。

〇八七

我们在眼睛的指导下步入歧途。
难道步入歧途不是我们的目的?歧途是灵性的。歧途之存恰是对生命力最大的肯定,最根本的肯定。我们心灵对歧途的纠正往往像一出充斥着雾气的闹剧,这或许正是这个时代、这个时代的汉语赐予我们的一幅特殊图轴。歧途就是不断偏离自己又永远肯定地活着,像李商隐的"断无消息石榴红"般孤立地活着。

〇八八

将要发生的,其真实性超过那些已经存在的。
所以,"虚构往日"之慰藉不能放弃,"解构明日"的刀不能离手,"重构今日"的乱拳不能停下。

〇八九

看梨花,嘴角流血,什么也不说。
从数学角度,以上述诸状态能建立六种"三段论"。哪一种顺序的排列才是宿命论的?此实践的基点是:宿命论者眼中的梨花最为洁白(世上并无真正"独立性"的物象,呈现者总是附和着描述者,两者都不能充分地满足对方),所以宿命,皆因"不敌其白"又"不废其白"。

〇九〇

清晰——我所目睹的一切多么叫人倦怠。如果我所持有的混乱,不是打垮"我所目睹的这一切"而只是打垮我自己,请不要将此"混乱"等同于否定。"否定"从来就不是一种论断。

〇九一

傍晚,踢着树叶回家。我能踢到的树叶,满怀喜悦地进入我们的相遇中。在某种预设的逻辑中,它甚至是主动的,迎着我的脚就凶狠地扑过来。
"这种逻辑"使我们内心的松柏常青。

〇九二

"他死于一场意外的车祸。"在某些人那里,这完全不是个"偶然性"事件,他的死与前世的某种恶因有关,这"死"是一个预设框架中的结果,而制造祸端的车子也是负载某种"使命"而来。在这个范畴之内,报应从来就不是"弹别调"而有着冰冷的必然性。我从不妄言这种全面颠覆偶然性的"报应说"对我有什么特别的意义,但,至少它使物有了新的"物性"。这种物性是"非现存的,可逆的,因果之中的",所有的物也都是"演义的"。一切物与事件,都是为了维护必然性这块不能被超越的、牢不可破的磐石。景物(符号)之深度因此而生。这也是语言作用于人生之最基本的一种。

〇九三

我所看到的,都是心灵所剩余的。

○九四

我所描绘的，本质上都与我有着"深深的敌意"。今天下午我在白纸上画下一个四边形和一只蜘蛛，蜘蛛的战栗使四边形出现轻度的变形。是的，我描绘了一个现象，我对这个现象潜存的"要义"一无所知。我唯一懂得的就是：单纯的现象学描述永远只是心灵的"伪迹"。

○九五

过度的依赖间接经验使我们"观看"和"倾听"大大削弱了。

我们目睹的月亮上有抹不掉的苏轼*，我们捉到的蝴蝶中有忘不掉的"梁祝"。苏轼和"梁祝"成了月亮与蝴蝶的某种属性，这是多么荒谬啊，几乎令人发疯。

○九六

我们所能做的，是什么呢？目光所达之处，摧毁所有的"记忆"——在风中，噼噼啪啪，重新长出五官。

---

* 苏轼（一〇三七—一一〇一），号东坡居士，北宋文学家、书画家。"三苏"中成就最高。后世辑有《东坡先生全集》等。

〇九七

如果自我从"非我"中审视它自己或者当它向"非我"跨出一步时,我的结论是:并没有"任何东西"扩大了一丁点,当然也没有任何事物收缩了一丁点。

清晰的"界线"纯属幻觉,却又让我们倾毕生之力去保护它的合法性,以致它珍稀到了"别人完全不能进入的地步"。

〇九八

思想必须像绞肉机一样清晰地呈现出来。置此绞肉机于修辞的迷雾中,要么是受制于思想者的无力,要么是一种罪过。

让绞肉机自身述说——而不是由你来转达这个声音:"瞧,我在这里"!

以"思想着"和"共享着"的状态来克服思想所附生的深深恐惧。

〇九九

每一个盒子里住着一个梦想家。

但梦想家与盒子之间,是不能对话的。

我有时在想,到底是什么诞生了卡夫卡*?他看到异常严密的官僚机制像织成这盒子的纤维一般,根根绞索让他窒息又尽享窒息的涕泗之乐。不是盒子上密布的绞索诞生了卡夫卡,而恰是"印在卡夫卡眼球上的绞索"诞生了卡夫卡。什么样的隐身术(甲壳虫)能遮蔽(盒子的要义)这个人?能遮蔽这个人特有的语义?——当他已成为"遮蔽"本身。

一〇〇

蜘蛛无处不在。

一〇一

远处的山水映在窗玻璃上:能映出的东西事实上已"所剩无几"。是啊,远处——那里,有山水的明证:我不可能在"那里",我又不可能不在"那里"。当"那里"被我构造、臆想、攻击而呈现之时,取舍的谵妄,正将我从"这里"凶狠地抛了出去。

一〇二

以般若之固,现微变之行。五度有戒定位,刹那之中,三步以内,额头抵达像"善哉"一样发亮的河水。

---

* 卡夫卡(一八八三——一九二四),奥地利小说家。著有《审判》、《变形记》、《城堡》等。

一〇三

　　我们这个时代的要义正在于"以速度消灭深度"。当鬼魂被科技证明只是一种"暗物质"时，幽深的乡村被剥皮了，多少附着物、沉积物，像它所含的"畏"一样随之荡然无存。当我们被以"光年"计的速度送达某种星球时，"那里"只不过是一个平铺着的白纸的末端，又有什么新奇可言？技术对世界之诗性的剥夺，像"极权之美"一样显现的是灾难自身：毫无意义的加速度和日堪一日的"无物之欢"。

一〇四

　　幸福是语言（符码）或符码记忆造成的一次条件反射——像檀溪遇上刘皇叔。谁知道他一跃而过，是入世的一跃还是遁世的一跃？语言——这座无所不容的避难所就伏在他的破棉袄上。

一〇五

　　我是一个疆域已止的空想社会主义者。跟我能够归类的动物是：在电线上烤红薯的麻雀。旷野生雨，它们的心被烤熟的红薯磨得发亮。从未被种出却无端遗落于此的薯类，是我这个跋扈者此刻的早餐。

一〇六

怀着献身的愿望将这具身体坚持到死了又死、再无可死之时，留下一两段诗句来转述它从未真正表达出来的至深愿望。

是一种必不可少的节制。

一〇七

当"被你攻破的我等于我已守住的我"，当"四边形中的猫等于梨花"，当"拒等于迎"，当概念不在它自己的位置上时，区别它们的尺度便意义尽失。当我说"此"，当我说"彼"：由此及彼，动不能达，梨花之粲。

一〇八

当猫在四边形中吃罢鱼儿出来，它看见河中每一条鱼，都被笼罩在一个不可撤销的四边形中。梨花，是四边形的。白，也是四边形的。它恨自己不能像嚼尽鱼骨那样吃掉四边形——直至所有的鱼都患上一种四边形的病。

这是"传统"一词在当代遭遇的歧义。这也是大愈之后的河岸。

一〇九

屈从于不及物。

一一〇

早晨,看见每一滴露水中都卧着一张弓。以堂为奥,据圆成寂。它绷得紧紧的,以至明亮。所有松弛的事物皆视此弓为"良善的报答"。

一一一

有一块瓦始终不参与整座宫殿的狂欢,像一个词在结构中的效力始终不显现。它是一个"负词",是映在水面的影子,也是亭榭的一部分。

一块瓦的存在如此地合乎理性:宫殿的秩序、比例、构造将因其"不与"、"不予"而动摇。但它却如同这个从不出声的词一样令人伤怀——当我穿过它,如过乌有之境。

一一二

孤身可为通鉴。

傍晚,我牵着一株狗形的树木散步,而路两侧的树形物质里传来低沉起伏的吠声。阻隔贯通的变形记,不过是我横切百科的一个急就章。连影子都不曾产生。

凋零之心尚待印证。

一一三

跟随明月，一路上坡。

那些已经命名的事物都在一个统一的名字："尸体"之中。打翻它的既有，即兴高呼"与可"。坡凝"上"、"下"于无可抉择之境，身随"来"、"去"于两可之间。

悬胆相吊，有醍醐灌顶。

一一四

随心将油漆泼于白墙之上，这种即兴生成的斑驳图案，是否因为它的"出其不意"堪称艺术品？我看到了它的出其不意，却看不到对这种出其不意的克制。人类依赖这种"克制"体现了对理性的偏爱，虽然它并不一定生成愉悦。

这种"克制"是病征一种，也恰印证了艺术最本质的一面。

一一五

我的语言之马，奔驰于"立言不证、持烛不燃、一语成谶"的大道之上。

一一六

　　现象学素描：我是一个腰束跛马的小丑，早上坐在餐桌边抛掷硬币，阳光一会儿刺疼我的左眼，一会儿刺疼我的右眼。我手中有"难言"的金箍棒，长丈二，重三两。从窗口看出去，鸟儿在枝头长吁短叹，长堤含霜，人皆持伞；一座宫殿在湖面快速地移动，一个"词"在墨水中闪耀；有个卖菜的邋遢小老头，遗在田埂上的粪便，像寒风中的六和塔。

一一七

　　真理不变相，不属相，不授相。
　　唯相之道，一如猫眼中的四边形，有无互济；形在无视，状如无状，处之不息。

一一八

　　街头，一个小学生在削铅笔。在我的眼里，他也是在屠龙。
　　他写呀，写呀——他弄脏的作业本里充满了错别字和难以言喻的奥术。
　　我们对"现象"所拥有的唯一经验就是：它总是在"被覆盖中"被赋予难以肯定的解析。

一一九

　　柳枝拂动。每根柳枝里坐落着一个泰山。因为是柳枝，所以是泰山。因为是泰山，所以柳枝必然拂向"山外"。这拂动，再也不是互否的了，再也不是技术性的了。
　　"炊烟散去了，仍是炊烟
　　它的味道不属于任何人
　　这么淡的东西无法描绘"
　　——陈先发《天柱山南麓》

一二〇

　　今天我造了一个汉字："之"部以内，上"二"下"彐"，音同"匀"，意即"本身固有之物性以匀速消逝"，比如人的物理性生命。
　　我造了太多的句子——我造了少数的词——我造了有限的几个汉字。毫无意义的消磨，是我人生的最后一课。必须光着头，挨过这一棒。

一二一

　　祖国隶属于必然。
　　心灵耗尽于"不一"。

一二二

　　亭子被建筑在湖边。"亭子"作为词语它被安置在诗中，又被擦掉；作为形象符码它被人铭记，又归于遗忘；作为隐喻它出现在一些人的梦里，被过度地解释；作为"意义的道具"它必须匹配李煜心中的一江春水，或刘皇叔与曹孟德间似是而非的棋局。它由砖块、木头、笔画、油漆、回忆、剥蚀等元素构成。诸如此类的"重建"有时要遭遇"实体"的抵制，而对它的篡改已几乎是快乐与创造的本源。难啊，真难，它对"观看者"的依附几乎是一种状如乌托邦的雾气。

一二三

　　知识就是取消。

一二四

　　远处群山突然涌入我正俯身的窗口，一阵恍惚，满含放弃。这也是千秋万代的暗度。这种时刻，"词语"是不存在的，词语（或音律）对状态复制的最高形式是"啊——啊——"，或一场恸哭。含有技艺的复制（如诗歌或音乐）等而下之，含有欲望的提炼（如哲学思考）更是个妄想。

一二五

　　令人厌恶的繁缛，必有其神圣的属性。

一二六

　　下午在合肥拱宸街头，看见一个瞎子给另一个瞎子喂水。
　　"请把嘴再张大一些"：假如这瞎子偏是个哑巴，而另一个偏又是个聋子；"把胳膊抬高一些，摸到我的手"：假如这两个瞎子都是无臂的人；"哈，吧嗒吧嗒的，有点甜吧"：假如他们并无味觉；"嗯，可闻上去有点臭"：假如他们并无嗅觉——这又能怎么样？正如我们在写作中献出了我们的五官却长久地沉浸在被剥夺的屈辱中。"请调动你身上所有的器官：翅膀、发动机、肠子、螺旋桨。今天是一九九九年十一月六日。为了解决你的饥渴。"
　　"讲讲，这碗水从哪里得来的？"——这么多年，为何我见过的每一个瞎子碗里都装满这样的水？这碗水玄妙的传递仿佛从未停止。

一二七

　　我把肠子扯出来，建起了雷峰塔。
　　在柳树下看塔的白衣女人，散发着塑料的气息。

一二八

梨花白时，孤注一掷。

不能因为我们都能"看见"而屈服于它所谓的"公共性"。对我而言，梨花是一座精神病院，是一个独裁者，是一个或一群无政府主义者，是鳏夫、炼金术士、骗子、魔术师，是一根弧线，是一个或一群蹲在街边擦皮鞋油的下岗女工，是任何一件不可共享的东西——或者，我们还有什么更多的词语可以替代它？当它白了，它是如此地不顾一切。

一二九

"寺庙"是一个形体，"松树"是一个形体。"在寺前栽松"这句话，所以含有某种觉醒，仅在于形体之表现力对思考的获胜。其实，连同我常论述的梨花、四边形、猫——这些形体内所包含的，无非是同一种东西。没有了这种"所载"的同一性，一切批判无从谈起。

而表现力之自在，如同琴弦拟于山河雨滴之声，弦之不动胜于弦之动（形胜于意）；山河之在胜于山河之"被在"（语言或音律对它的表达）。音之形：跌宕逶迤，形体中的形体，为符码所不能解。

一三〇

每天，世界上最后一个起床的人一定是个刽子手。是啊，在所有的人中，刽子手醒得最晚。当然，这只是世间因果理论的不足部分之一。所有与死亡直接相连的事物也都会得到出乎意料的回报——他洗脸的旧毛巾会开口说声"谢谢你"，他服药的小玻璃杯底上，突然被人栽上小茴香。

一三一

我迷恋实存与空无之间的第三种状态，我命名为"如在"。梵高画过一幅画《三双鞋，一只倒下》，胡塞尔觉得这已经超出了绘画的界限*：有新的意义在这只倒下的鞋之上附着。这种"新的意义"或形象即是如在之一种，它对阅读者的感受力提出了某种强求，在多数人那里，这种强求是有效的。如在，正是汉文化的精髓之一，如在之美统摄一切感官，没有如在，即没有实存，更没有空无。二元论者在这里遭遇死了娘似的痛苦。梁武帝时，陶弘景**写过一句诗："只可自怡悦，不堪持赠君。"

---

* 梵高（一八五三—一八九〇），荷兰印象派画家。代表作品有《星夜》、《向日葵》、《有乌鸦的麦田》等。胡塞尔（一八五九—一九三八），德国哲学家，现象学派创始人。著有《形式与先验的逻辑》、《纯粹现象学通论》等。
** 陶弘景（四六五—五三六），南朝梁道士、医学家、文学家。

一三二

傍晚，从 A 地到 B 地。

我拍着一只球围着大楼跑动五圈，看到它有不同的入口之后，旋即起身离去。

一三三

一个人最初的经验来自对前世（穿过死亡到了其背后的）的记忆，机械唯物论者对此满怀恐惧，并认为建立在这个认识之上的所有大厦终将倒塌。可惜人类这种天赋的"透视能力"已经荒废很久了，如果说世界是人类既有经验的总和，那么前世这个"负数"被计算得还远远不够。梨花"被要求"呈现出白，猫"被要求"体现出对鱼和四边形的爱，这种物性法则，统统被我以对前世的某种定义而收入囊中。对严格的逻辑学训练，我是弃之不顾的。对这种法则的暴力延伸和无尽享受，才是我所要得到的。艺术对所谓科学最有力的抵抗也正是体现在这里，千万不要把这个等同于变形的巫术。被思考之物，或早或晚都会撞上"被设定"的硬墙。看吧，"反物质"和黑洞让霍金*这个瘫痪又色情的小老头，在艺术的烂泥上挺立了那么久，请允许我在"这个地点、这个时间、用这种语言"上向他致敬吧。

---

* 霍金（一九四二—二〇一八），英国物理学家。著有《时间简史》、《果壳中的宇宙》等。

一三四

在瞎子眼中,落日是成群的。

一三五

去年秋天我经过黑池坝,看见一个驼背老人,从湖水中往外拽着一根绳子。他不停地拽呀拽呀,只要他不歇下,湖水永远有新的绳子提供给他。

今年秋天我再经黑池坝,看见那个驼背老人,仍在拽出那根绳子。是啊,是啊,我懂了。绳子的长度正是湖水的决心。我终于接受了"绳子不尽"这个现实。他忘掉了他的驼背,我忘掉了我的问题。湖水和我们一起懵懂地笑着,质疑不再是我的手段。

一三六

在"故乡"这个词上,蒙汗药似的小河流,有着相似的缓慢。

一三七

一大群人在广场晨练。我看见一只深绿的网球在玩弄着两个击球的人。那个花白的老头猛地跃起,咧着缺牙的嘴巴断喝道:"狗屎!"并挥拍向球击去,但——仍然没有击中。他茫然地怔在了那里。

一旁,安徽省计算器厂退休女工在跳集体舞,哗哗地抖动手中血一样的纸扇子。

一三八

看到街上一个衣衫褴褛的人在跑动。哦,他跑得那么地快。我想,他一定饿了,会扑向街角那个炸麻雀的油锅。可是——他并没有扑向它。这里面的真正玄机是,我饿了。饥饿的感觉从胃中升起,而且它蜕皮了。"饿了"这个词出现,词在跑动。

但在我的语言谱系中,"饿"这个字从不扑向"饱"这个字。

一三九

我对鱼和猫持有双重的警惕。所以,我用四边形来限制一条鱼,用梨花来限制一只猫。

一四〇

一宿未眠,我在想着一件东西。它长在由眼睛、鼻子、耳朵等器官组成的人形物质里。它轻声对我说:"我爱你。"我笑了笑。对这其中的某个词我无法定义。而它受惊了,在灯盏下猛地晃到体外，像庙宇在映照着它的湖水中化掉。

一四一

　　河上。干巴巴的枯枝伸向河面。它对流水的多变与低回毫不理会，也不会将它们吸收。此枝的"干巴巴"，正是诗意所存。让语言的乐趣上升为语言的智慧。

一四二

　　因为死者在地下用力，黑池坝周围的桃树比去年又长高了一点。
　　身体，即便对自己来说也是个桃子，需要跳起来才能摘到。那些终将失而复得之物。

一四三

　　柳树立在坝上。它不是传统的。它不是现代性的。它也不是后现代的。它没有叔本华*所说的"通过某种超因果律的却又基于因果律的法则和表象世界发生关系的意志"，它也不是叔本华本身。它不是一棵"能做我们想做的，却不能想我们所想的"柳树。它并不认为："我们所处的表象世界背后有一个纯粹意志的真实世界。"它并不试图像叔本华那样制造出

---

　　* 叔本华（一七八八——一八六〇），德国哲学家。著有《充足理由律的四重根》、《作为意志和表象的世界》等。

精神的致幻剂,让他的读者们相信存在这样一个意志的世界。它甚至不会蒙昧地认为"世界观存在两个基本问题,一是他的世界是由充足理由律建立起来的,二是他是以一种人本主义的观点来建立世界的。这样,他的悲观主义世界观就是建立在一种主体客体两分的基础之上。意志世界和表象世界,事实上正是世界的主体和客体两方面,而人只是一种作为世界主体的一种被造物,也就是纯粹的客体。这样他所描绘的世界就不是以一种超越人性的观点所建立起来的,而只是从人性本身对世界所作的诠释"。它也不会嘲笑叔本华所谓的"一种更高维度的、关于物自体的知识是可能的"。

从上述表达看,我的排除法既清算了柳树,也清算了叔本华。我只是偶然看见了一株柳树并在表达时保持了与它约万分之一的"相关性"而已。但柳树,把它从躯体里溢出来或凹陷下去的无限空间,留给了我们。

一四四

临死前,梵高说"悲伤永恒",弘一*写"悲欣交集"。——这就像同一时间的同一只鸟儿在毫不相干的两棵树上打着盹。

---

* 弘一(一八八〇——一九四二),原名李叔同,音乐家、美术教育家、书法家。剃度为僧后,法名演音,号弘一,后人尊称"弘一法师"。

一四五

　　一觉醒来，如同另一个人在"我"之上形成。

一四六

　　强设出一种因果关系，作为我们安坐于世上的椅子。没有绳子，给他一根吧；绳子结不出炸弹，就让它结出来吧。让我们拥有这样一个"炸弹群"，就像置身于一座以因果关系为水分的大森林。

一四七

　　因为"世上所有的因果关系都是强设的"，所以"没有强设，就没有历史"。
　　同样，这也是一个强设。它反射出我经久不去的茫然。

一四八

　　河边的老柳树低垂着头，
　　像一个破了产的寓言体。

一四九

　　柳树不因为孤立河岸而恰因置身于千万树种的森林中，才具有真正的独立性。从语言学角度，唯当我们具备了表达千万树种的能力之时，才能真正表达一棵柳树。当我们轻松地指着它，说："嘿，一棵柳树！"事实上，我们什么也不曾说出。

一五〇

　　九岁那年，我在街头吃过一只油炸麻雀。不知为何，这些年我总是想起那只麻雀。我记得它在沸腾的油锅里仍保持着空中的笑脸。现在我终于明白了，它"为什么"有那么一张笑脸。我也明白了，它"怎样"才能确保那一张笑脸。

一五一

　　醉心于一元论的窗下，看雕花之手废去，徒留下花园的偏见与花朵的无行。有人凶狠，筑坟头饮酒，在光与影的交替中授我以老天堂的平静。谢谢你，我不用隐喻也能活下去了，我不用眼睛也能确认必将长成绞刑架的树木了。且有嘴唇向下，咬断麒麟授我以春风的不可控，在小镇上，尽享着风起花落的格律与无畏。

一五二

如果我们把同一条河流分割成两部分：一部分为"因"，一部分为"果"，那么，对世界的二分法消灭了任何一件孤立的事物，确立了无所不在的必然性。而对它的畏惧，让我们觉得两只杯子不可能同时握在手中——这才是致命的混淆，这才是至深的勒索。倘用语言克服这种畏惧，我们会说："哦，河水仅是一个闪亮的喻体。因果仅是两个可以倒置的词。"——我们说出了什么？皆因河水，仅在被指出时它才存在。逻辑上的探与究——让它的形体在变短，让这河水在变浅。我偏执于二者之一的生活，久居于"渡过它"这个可悲的信念之上。

一五三

假设这两只杯子是对称的，在绳子的两端——如果我们真的需要一根绳子，就必须给它"两端"。
让它有猛虎一样的假设，有猛虎一样的均衡。

一五四

杯子中的杯子，塞满我精神的中央乐土。
我更加是个深居的人，经常对着我的居住地——黑池坝周围一公里内的事物喃喃自语。我把它们拆掉又在我的语言中重建。"它们"也在拆掉我。桌上的杂物在拆掉我。尺子在拆掉我。闹钟在拆掉我。小路在拆掉我,我的脚。我的愚蠢像清水一样日日清洗着我。这些并非哲学,并非诗歌,只是一次盲目的自言自语——一平方公里的自语与抛物线状的盲从。

一五五

用语言的乱棍猛击这只杯子。
让它滚烫。在它的破碎中看见一个新的整体。

一五六

用一只杯子替代十字架。
替代耶稣。替代释迦牟尼。
说出它,替代它的不可说。信仰在语言的内部,对写作者而言,躯壳的简明替代了它的三位一体和它的不灭。

一五七

"刹那"在沉入杯子。某种永恒,随手即可泼掉。
双腿如此困难。漫长驰骛中一个刹那的瞌睡,或者漫长瞌睡中一个刹那的驰骛,在两者之间摆动我透明的脚踝。永恒只是我的一个瞌睡。

一五八

　　徒存四壁之实并不存在杯中之空。空是随着被注入的水一起到来的。

　　当我尝到这杯子的苦，如同一剂被倒束的良药。它被束缚。它以它的苦教育了我。

　　傍晚，我绕着黑池坝散步。因看不见绳子的"两端"才诉诸语言的暴力。

一五九

　　当杯子穿上了斑斓虎皮，当杯子凝聚成人形，那注满"我"的暮色是如此之浓。在此散步的又是谁？

一六〇

　　以焦虑之手抚过语言的桌面。端起一只杯子以呼应此时的幻觉。

　　湖边的柳树陷入少女。柳树在少女身上醒过来，变成了另一棵。

　　以左击右，加固左的堤岸。少女发现柳树陷入她且猛地向水面垂下之时，才知道自己是空的，为此她呕吐不止。为了"反幻觉"，少女剖开手中的橙子以稳住身体。

一六一

棒喝这少女！我无限享受她涌往全身的不对称。
棒喝这杯子！屈从我的命名它将长出更合理的形体。

一六二

小时候，我有一块乱石围起的操场。我想，我会在此度过一生，只在这里踢球，不去任何别的地方。如今，我在绳子的另一端，看见我仍在那儿独自踢着球——仿佛从未断绝，像一只杯子从未被注满——"共时性"让万物得以重新命名。球在绳子的"两端"滚动，既像被吸引，又像被排斥。

一六三

假设某种"永恒沉默的部分"可以成为我们的目的——我们创立语言并不断地写作，是为了加速让它显现——而我们所做的一切事实上又在否定着它。像卑微的鸟鸣与附于其上的深不可测的宁静，执着于鸣之清越、鸟之短暂，忘乎所以，又不知其忘；处其短而不以形役，闻其声而不计其鸣——罗素*说有"火"，而我们的写作与思虑不过是维特根斯坦那偶然的"拨火棍"。拨火即是僭越，思之即是不舍，妄

---

* 罗素（一八七二—一九七〇），英国哲学家、数学家。一九五〇年获诺贝尔文学奖。著有《西方哲学史》、《数学原理》等。

言两端无非是划出生死的界线——所以，语言真是一座不折不扣的断头台啊。

一六四

我握着一只杯子，从A地到B地。

我是说，从未有过一种孤立的自我，也从未有过被剥夺了象征性的A地。

一六五

如何用语言的形式榨干一只"杯子"？用光线击穿它，用沸水注满它——让它失去"空"的那一部分。全部用陈述句来描述它——直到它从桌子上移走自己。哦，语言，是我们面向世界的一种强权，它让这只杯子暂时安静了下来。

此刻它的浑圆如此叫人安心。

一六六

他取一只杯子置于桌上，让我做"多点透视"。我闭上眼，这只杯子从不同角度攻击我，获得了它想要的东西。有时，我会将它置于不同的句式中，接受质疑与折磨。我们正是以攻击分开了彼此。我们有时要把疑问建立在追溯上，它来自一个制作杯子的锡匠还是一个靠它讨水喝的乞丐？换句话讲，注入杯中的到底是一种角色幻觉呢？还是一种工具幻觉？它是谁？而谁又是我的第二体？

一六七

"液态的少女"坐在杯子里——这句话意味着一个词（水）被另一个词（少女）置换了。这两个词能够置换的原因不在于德里达所谓的"本质普通性"，而在于诗性的普遍性。本性的位移让语言生命力勃发出来，并确立了一种无处不在的泛灵论。

一六八

我们同时看见一个杯子，却从未同时忘掉它。这只杯子在我内心的"延时"，是我唯一能够以对它的依赖层层剥开并诉说之物。

这也等同于在问：为什么所有人都走了，我，还在那里？是它之内剩下的我和我之中剩下的它，在向一块神秘地靠拢？事物在我内心的延时性，正是诗性的根源。像被暴力拉长的绳子两端，"多出来的部分"即是诗性。本雅明*正踩着这多余的部分回到他的"巴洛克时代"。

---

* 本雅明（一八九二——一九四〇），德国思想家、哲学家、批评家。著有《发达资本主义时代的抒情诗人》、《单向街》等。

一六九

　　我的愚蠢让我走路很快。我渴望如世间的智者一样缓慢地转动。围着一个轴心转动，或者一动不动。我渴望如一只杯子这般朴素地立着，不把内心幻觉的麒麟映出，也不让一己之愚像此刻写作《黑池坝笔记》这样溢出体外。

一七〇

　　对事物规律性的挖掘，即是对自我的反讽。

一七一

　　如果我能确证"风格"的存在，那么我必将确证它是如何击垮自己的。
　　创造的目标一旦达成，就会原封不动地成为创造的敌人——风格之殊味永难抵达"味无味之味"的境界。风格之显类于"大白若辱"。

一七二

　　唯两岸的严厉限制，能赋河水以自由之美与哺育之德。

一七三

　　人类对良知的渴念尤其是对良知的害怕，是艺术的真正动力。对良知之畏引起了心理的连锁反应，所以我们才能看到龙的浮雕、麒麟的浮雕从空无之墙冲出来，才能看到有一块地面正在我们的椅子下沉陷而去。对超现实的感受力只有一个源头，即我们对良知的害怕。这也是唯一有效的求助。

一七四

　　中午在打开铁制黄桃罐头时，剪刀的塑料柄突然折断了——在锋利的剪刀之下装有一个脆弱的木柄或塑料柄，这几乎是一个写作者在使用语言时面临的同一困境。是啊，我们的手，我们的心，与此木柄又有何异？

一七五

　　是梦想让人觉醒，而非思考——是那些梦想的螺旋体推动了人之觉醒，正如一只蚂蚁在推动一只我们居于其上的星球。

一七六

　　以此杯为喻。这是一个充斥着容器的世代。容器中安放着容器，容器吞噬着容器，容器消化着容器——比如我、你——我对你的爱和厌倦，比如语言。

一七七

玄学的蛋黄在我的杯中旋转。

当它不能满足于"意义"二字之时便开始旋转——宗教想命令它停下，而教育则企图让你看不见杯中的蛋黄。

一七八

桌上。一只猫走过来，睡在杯子的左边；一只鹰落下来，立于杯子的右边——杯子的神秘性来自这瞬间的结构，不来源于它自己。神秘性甚至不在这结构本身，而在它投射于观察者眼球的倒影上。

一七九

若以此杯替换笼中之鸟——我们将看到什么？现象是一只熔炉。

一八〇

昨夜我梦到一个老人吃完粥，在湖畔种下垂柳。单数的粥和复数的垂柳。冲突的粥与和解的垂柳。无意义的粥和无意义的垂柳。直觉的粥与幻觉的垂柳。现象的粥和现象的垂柳。如果现象真如上述是一只熔炉，那么在其中化掉的又是些什么？

一八一

唤醒自我的总是某些模糊的东西，而钉子一样清晰地"活着"倒像是讥诮。

一八二

我该如何来阐述"传统"两个字？一只杯子的传统总是小于一只杯子，虽然在概念上它是所有杯子的总和。

一八三

传统几乎是一种与"我"共时性的东西。它仅是"我"的一种资源。这种——唯以对抗才能看得清的东西——裹挟其间的某种习惯势力是它的最大敌人。需要有人不断强化这种习惯势力从而将对它的挑战与矛盾不断地引向深处。如果传统将我们置于这样一种悲哀之中，即睁眼所见皆为"被命名过的世界"，触手所及的皆为某种惯性——首先体现为语言惯性，结论是世界是一张早已形成的"词汇表"，那么，我们何不主动请求某种阻隔——即假设我看到这只杯子时它刚刚形成，我穿过它时它尚未凝固。这只杯子因与"我"共时而

"被打开",它既不是李商隐的,也不是曾写出《凸镜中的自画像》的约翰·阿什伯利*的。这样,"我们"才有着充足的未知量。

一八四

"传统"的声音向我涌过来,并穿过我——仅此而已。

一八五

杯子是即时的,而我是历史的。我是它的遗体。
好诗必须具有一种史学气质,像别人曾有的质疑与拷问在"我"身上集体苏醒过来一样。它是语言的,更是语言史的,因而才是心灵的。

一八六

写作即某种"辨认"。

一八七

诗是瞬间的产物。对一首诗行使最大权力的是它的误读者。它使一首诗具备不断死而复生的能力。所以说"误读是

---

* 约翰·阿什伯利(一九二七—二〇一七),美国纽约派重要诗人。著有《凸镜中的自画像》等。

诗之要义"。某一刹的"发生学":词语向自身漫无目的地塌陷。史蒂文斯*所谓的"头脑,在这里,终于到达朴素",是不可靠的。

一八八

枕头。色情。伪典籍。
翻来覆去的四壁。
他凶狠地踢开房门,
一下子来到紫色的、神经的葡萄架下面。

一八九

下午在咖啡馆,为老父的病痛而浑身发抖——此刻却一字难成。阅读和写作不能令人完善,日复一日的语言练习激起的涟漪只在一个封闭的杯中旋转。这旋转与杯子外围的阅读,两种痛苦是分裂的。语言中的结构远非这颗心的结构,虽然它们终会合而为一。或许信仰能够令我完善,但信仰——迟迟没有贯注到我愚钝头顶。我无法跳起来撞击到信仰的精钢,唯剃光脑袋在星下呆立——我的天灵盖上为它留有一个迎接的缺口。

---

* 史蒂文斯(一八七九——一九五五),美国诗人。著有《关于秩序的思想》、《带蓝色吉他的人及其他》等。

一九〇

　　谁会认为——站在一块迅速掉落的碎石上，不能度过一辈子呢？谁又会认为——立于一块迅速砸下的钢轨下，不能度过一辈子呢？我就置身于此碎石上、钢轨下。我照样拥有漫长的假日，我照样享用无边的空白。像一颗露珠在蕉叶上无限散淡地滚动，只在坠下的一刹那，才猛地把自己磨尖——在所剩无几之距离中，造出自我的钟表。如同昨晚在俱乐部的厮混，你耗掉的是一辈子，而我用掉的只是一秒——虽然意识的斜塔已反复证明两个伎俩的铁球同时落地。

一九一

　　邻居来借老虎钳。我拿不出。他从逻辑学范畴滔滔不绝地论述了老虎钳之不可或缺。嗯，非老虎钳在"我的生活"缺位，而是我在"老虎钳的生活"中缺位了。同向的格斗使替代有了可能。倘若"我"和"老虎钳"都不在，你向何处借？在昏沉欲睡中我突然问道：
　　"有什么问题非要老虎钳与逻辑学一起揳入才能破解呢？"

一九二

　　我极目远眺其实一无所见。
　　鞋子破了，

千山万水仅用于点灯。

一九三

蝉声传出。仿佛周遭树木的寂静只为了它存在。事实上，并不需要它们之间的对立，才能证实"我"这个第三者的到来。

一九四

禅师说，命题皆属娱乐。伪命题类于色情。
都是折磨肉体的招术——下雨了，快跑啊——为什么？

一九五

松树在寺前、柳树在湖边发现了自我。如果让它们交换一下位置，会怎么样呢？我们在享受自我之幻化，总要设定某个位置是不能挪动的，因为此"挪动"并不能产生更高的表现力。语言及它的对应物有时具有自我分类的属性。只有当它们在一种精准的结构中，此"归类"才闪烁灵性之光。

一九六

打破了一个比喻，等于营造了一种困境。我们能脱身而去的所在并不多，正如能作为喻体的事物正日渐稀少。

一九七

　　桂花敢吃螃蟹。
　　亦以桂花为喻。

一九八

　　语言靠什么来增加自身的质量与密度呢？按洛尔迦*的方式，他会说："这杯子里装着取于大海的水。"是啊，我或许会说，映着你脸的这杯水，回到海上后，它久久凝固成在杯子的形状，没有什么力量能让它稀释掉——这是一种写作能力。洛尔迦的杯子里蓄满了民谣与幽灵，他的唯心论让它增加了质量。而唯心论，除了改变了语言容量外，几乎是门无用的学问，像一小杯"淡水"浮在海上。它真正惊人的正是这无用之用。

一九九

　　一个少女斜倚老柳。当我说柳树陷入少女之时，两个名词中的一致性令人迷惑与眩晕。

---

　　* 洛尔迦（一八九八——一九三六），西班牙诗人。著有《深歌集》、《献给伊格纳乔·桑切斯·梅希亚斯的哀歌》、《塔马里特波斯诗集》等。

二〇〇

　　杯子里有一道语言进入不了的"玻璃门"。只有当它的"空"溢出时,才能被我们感受到。

二〇一

　　你喝掉了一杯水,等于在概念上把它用完了。如果你再喝一杯水,需要新一轮的命名。杯子看见我在语义中艰难地再度凝聚成人形。

二〇二

　　信仰是一种暴力——首先是一种语言的暴力。这显然与前述产生矛盾,这矛盾又将产生什么?

二〇三

　　镜子是最好的判决。
　　我在它的里面注视着我——如同语言之效用。我们用语言建筑了一个与生活一模一样的"东西",且将它命名为"生活"。

二〇四

我是一个疯子。

我有疯子一样坚硬的下颚和缄默的双唇。我想说出的,以核裂变之速在心中累积;我能够说出的,却只有这寥寥几字。所以,我有下颚和双唇。我从未改变过这个世界一丝一毫,我也从未被驯化。

二〇五

我该如何把我对一只杯子的体验传递给你呢?——像把一只杯子中的水注入另一只杯子。

二〇六

清晨立于窗前,看到柳树上某个东西正在远去,朝它深深地鞠了一躬。

我此刻写下它,它被纳入了语言的疆界内。我不会再向这个有底线的东西鞠躬了,或者说我不能向已经被表述过的东西鞠躬了。当我感到语言的无力之时,连树梢的摇动也是如此困难。

它是什么?它将去何处?

二〇七

昨夜写诗,当时能诵。今晨却一个字也记不起了。它的痕迹呢?它没有留下一丝痕迹,只有激动的余响仍在。它为何没有任何痕迹?它不在我已经表达的任何范畴内,它也不指向我所要表达的任何东西。那么,它是什么?又为什么到来?

二〇八

博尔赫斯*从他的书中跳出,改变了我房间的结构。在对他的阅读中,我突然发现房间的所有东西都不在它"原本的位置"上——是博尔赫斯,酝酿了我对他的抵抗。

二〇九

一首诗是一个诗人的"个人决定"么?显然不是。当一个词到来,它会携带着更多的词来。它们的撞击、互嵌、排斥,它们之间的敌意,它们自动生成的秩序——如果一个诗人在写作时是清醒的,他会删掉那些他不解的。"删除"才是一种完整的个人性,而创造则不完全是。

---

* 博尔赫斯(一八九九——一九八六),阿根廷诗人、小说家、散文家。著有《小径分岔的花园》、《沙之书》、《布宜诺斯艾利斯的激情》等。

二一〇

"溪水提在桶中,已无当年之怒。"
我在二十岁时写下的诗句。今天看来,此怒复来,而溪水显得过度。

二一一

唯心论是一块让人挨饿的地方。它提供了太多的食物和更多的消化器官。

二一二

唯名的狗屎,在原野上。
它没有什么与众不同——它在说服自己。
它的名字,它的壳,被一个内心折磨的人反复用来证明他自身。

二一三

我的杯子里装了四十四个师的轻骑兵。如果这杯子是深的,那么它的"深"被某个尺度限制着。人们总认为某个东西是无限的,而唯有精准的限制才是我之所需。我说四十四个师编制,多一个人,多一声咳嗽它就会碎掉。抽象不是对具象的让位,而是对具象的救活。

二一四

在路上走了很久,才发现自己是醒着的。耳中充满了幻声,才发现自己是听见的。所见折磨着眼睛,所闻折磨着耳朵,所尝折磨着舌头。但我无法表现这种折磨——我一直走在某种"禁区"里。

二一五

随她走进一个房间,看见墙上的黑色权杖、纸上的银手镯、盒中的蜀葵、镜中的老龙、瓶中的金字塔。

这权杖、蜀葵、老龙不过是某种情绪的产物?直觉的四壁,意志的镜面,记忆的盒子。我想退出房间,却怎么也忘不了这些物象。如果我真的在这个房间里,那么什么在它的外面?

二一六

环抱着黑池坝的垂柳共有一百七十株。一百七十像一种旋律,莫名的鼓点捶打着我的步子。每一日的暮色我如此熟悉——当年它们环抱着一个三十岁的男人,如今它们环抱着一个四十岁的男人。物随其逝,白堤尽废。层层波浪像卷起的窗帘,遮蔽着那不可能的一切——无论是"毫米"还是

"光年"。橘红推土机年复一年地呜咽,地下——那曾不被知晓的仓廪露了出来。我的同类日渐稀少,而垂柳仍是一百七十株。当它们回旋,如此令人泪下而无以名状。

二一七

飞去的蝙蝠会再度飞回。
断掉的肋骨,失踪的十字杵和马匹会重新长在我身上。
打碎的盘子会再次完整。
我咽下的杏仁会重新摆在我的盘子里。
曾经的穿墙术——那些能力的界限,会再次清晰地标出。
曾经超群和不群的一切会回到我们的群体中。

二一八

整个夏季我像一只被剥掉皮的狗一样惶然不可终日。我的同类无人认识我。我的异类无人向我道声晚安。我的眼中全是不知名的树。我的炉膛里一片冰凉。我被剥掉的皮蒙在他们的锣鼓上。

我的舌头在溶化。我的双腿变长。我的炊烟还是那么凄凉又垂直。

二一九

藻类上鱼卵上的眼睛闪亮。然而藻类与它们毫不相干。

藻类看见却并无"阅读"。这些鱼卵将长成的鱼，是它们唯一的读者群。只有在自我否定中形成的读者群，才是真正的影响所及。

二二〇

让位于死者，玩好生者的语言游戏。从此点出发，环游感官的世界并回到此点之上。

二二一

在长途公共汽车上，我吻了以废报纸遮着脸的老柳树——我吻了老柳树体内的少女。她以湿润的苔藓之唇回应着我。她说："我从未出过村子。我爹不是这样教导的我。我放不开。"

我拔掉老柳树后问她："你要放开什么呢？"

二二二

二十世纪九十年代我在淮河流域游荡。我熟悉颍上、阜南、霍邱、临泉、固始、凤台、固镇、灵璧诸县。我经常坐在大堤上，看着被浪花拉长了脸的鱼群、在拖拉机中变形的农民。我遇到偏执的屠夫、嗜吃鸡血的虚无主义者。我爱过那片群山之中，一个计划生育女干事。仅仅十年，群山不在了。而雁叫依旧，拖拉机上换了一茬主人。忧伤塞满了我。不测之忧抽打着我的脸。当五月青苗勃发，我反复地问自己："那些"到底是些什么？

二二三

我从未找到一个方程式来证明——"杯子"只是我与世界的中间体。

二二四

我的诗歌有一个基本概念："共时性"。我确知自己能找到"某个时刻"——在它之内，不仅有着往日的隐士，还有明日的变形战士；不管是庄周在喂养母龙，还是希梅内斯在种植石榴树*。这个时刻让我安心。与所有的时刻在一个平面上，交叉，滑行，获得它们似是而非的璀璨形体。

二二五

黄昏的假象伴随着我的步子。假象的黄昏伴随着我的步子。如果我走得快一些，我手中的杯子会不会碎掉？

---

* 庄子（约前三六九—前二八六），名周，战国时期思想家、哲学家，道家学派的代表人物。撰有《庄子》，又称《南华经》。希梅内斯（一八八一—一九五八），西班牙诗人。一九五六年获诺贝尔文学奖。著有《一个新婚诗人的日记》、《空间》等。

二二六

　　我的凝视使杯中的水摇晃。符号间的冲突，创造了难以言喻的宁静。

二二七

　　那些构成我诗歌的东西，与我本身因对立而形成结构。像镜子与它所映照的事物，不能相互证明，也不会相互失去。它的恐惧来源于"竟然有一件东西让我误认为是我自己，那已经发生过，不可更改的渊薮"。

二二八

　　柳以垂而发现自己，"垂"以柳而感动了我们。
　　听从这"垂"，听从它的名下之虚，坐在它安静的课堂之上。

二二九

　　我看见词汇在我的诗中孤立地哭泣。不是别的诗，正是这一首。不是别的什么时候，正是此刻。它哭泣它们的孤立。世界即是一份坚硬而冰冷的词汇表。我们在词中的漫步又能解决什么？这么久以来，我竟然以为在这些词汇中搏动的是我的心。我竟然认为逻辑即是一种"搏动"。我竟然认为可以为这种"搏动"设立一个位置。我竟然认为这个位置就在我的紫檀座椅之上。我竟然认为自己即是那千杯万盏。

二三〇

在我的手遽然伸出之后,杯子从桌上掉了下来。它必须掉下来,作为对我这双手的回答。

我的手再回不到被这一秒钟阻隔的从前。

二三一

我写到的"杯子"是杯子的总和,我写到的"垂柳"是垂柳的总和。这个总和不在你视觉中的任何一只杯子里,也不在任何一棵垂柳中。它仅存于我们的语言里——对它的任何解释都将遭到抵制。

二三二

下午在咖啡馆,有人向我解析他的"整体主义"。

我对他说,你找一个"碎片"给我看看吧——给我看一个"不能自证为某种整体的碎片"。我只要仅仅一片。

二三三

寂寞春深的槐树。论及生死的课堂。小窗外,有几只鸟儿一直在叫,我被它们的叫声吸引。我顾不上其中血肉的分崩离析,不擅克己的心中长出又酸又硬的刺。是啊,我被这种非人类的音符吸引——我愿意成为它们的弟子。

二三四

在谈论诗歌时我提及"辞章",事实上需要借助某种对语言的直观体验。那一两个词让我觉得"可爱",谁又在意那是一亿吨岩浆在汹涌地层下过度挤压而"随意"冒出地面的一两滴清泉呢?

二三五

失控是至美的瞬间。

二三六

垂柳以其形即能达意。而我不行,我必须借助语言。我的心,我的嘴,我的笔,一层一层地捆绑了我。

二三七

一湖之水都扑到这株柳树的脸上来笑。千岁之忧也扑在这片柳叶上蜷曲。整座宇宙这一秒也扑进这只蝈蝈体内弹出它心中最美的音符。此扑,如此迅疾也如此完美,状如眼前的满天青霭。

看见这些影像的顺序是:我心脏中的瞳孔,耳朵中的瞳孔,鼻翼中的瞳孔,指尖上的瞳孔,我眼眶中的瞳孔最后目睹。

二三八

住宅卷起边角,呼应着僵硬的树梢。

此时我可以插一段逸闻:

"这些天,我终被一场大病和它成群的读者打败了。"无可辩驳。

赋这场病以更大的权力,随它塌下——连同这些再难寄身的砖和瓦。

二三九

门槛外的潮水,仍在退却之中。

窗户和光线,反复关住这张脸。

该吃药了啊,却没有药。

听听广播,耳朵冲出好远。

又一个诗人,以自杀唤醒别人。

一个人年过四旬,旧我日渐稀少。

他的写作中,喻体也日渐稀少。

当"喻体"少于一个时——如果我们真的需要,他的脾气已好得让四壁发白,他的语调让家里人手足无措。

二四〇

他走在路上,看见一棵柳树,吃了一惊。他不知道这惊异从何而来,又觉得失去了什么。转向而去,看见一棵榆树,笑一笑,获得了均衡。

二四一

顺从一根绳子(见前述),必将得到一只猛虎。

二四二

早上起床。醍醐仁波切对着他的杯子说:"我发现,我不是醍醐仁波切。"不是窗外的某一个人、某一个事物。不是骑着自行车努力保持着平衡的那人,因街道的雾薄、风的微寒而得到某种设定。不是那群老头子、老太太中的某一个——六点钟,他们围拢在炸鹌鹑的油锅旁。不是他们,也不是他们拎着的山芋、南瓜、菖蒲、芥蓝的复制品。

当然，我也不曾是室内这碟片、书、听经者扔下的臭袜子和一只死掉的蜘蛛，它们都已不在昨天的位置上。

我不是这一切，不是突然降下的这场雨。我不是这假设的，复制的，黑白的。不为某事而来又仿佛从未离去。还有什么，比这个更加动人心魄？如果用众多形象辩证同一问题，未免令人生厌。"但我确实不曾被认出。我承认，我从未反对过这一切。却也从未真正爱过它们。"我从未种过山芋、南瓜、菖蒲、芥蓝，也没有登过六和塔。我从未吃过布洛芬缓释胶囊。我从不练习达尔文*，也不知道什么叫基因打靶。

我从来不是某人。我什么也证明不了。

二四三

虚实同枝的柳树。唯有在伟大的日常行走中，我才能与你融为一体。我剔骨的幻觉来自被人撕掉的课本。

二四四

突然发现，我居住其中的三十层办公楼有一副苦行僧的结构——打着饱嗝的、穿着短裤的、叫卖贫铀的、驱动软件的苦行僧。

我想改变它的结构，就在窗口挂了一条大红的鞭炮，享乐主义的鞭炮。鞭炮仿佛随时会炸开——却从未炸开。

---

* 达尔文（一八〇九——一八八二），英国生物学家，进化论的奠基人。著有《物种起源》等。

二四五

我有一个视若灵符的数字"十六"——我知道它既不来源于十七,也不来源于十五。

像幻觉的楼梯,既不源于我的肢体,也从不依赖我的肢体。

二四六

回家后我吃掉了一个桔子。

对这个桔子而言,它在语言学构造中的"等待"已足够漫长。

二四七

当槌击到来,锣声被迫离开锣体——我们正在这样的境遇中:唯有离开本体,才能发出自我之声。

二四八

他是一个哑巴,没有说出一句话,没有写下一个字——但我不能否认他有着自己灿烂的语言史。

二四九

我（们）曾修炼过多少词语的密术。

窗外，传来树叶的沙沙声，鲑鱼们正翻越夜间的小山坡。经验的小山坡，披着其鳞甲。在召唤我们再次翻越时它似乎增加了难度，而作为障碍物，我理解它不过是完成了对自我的重新设置。它的沙沙声，正是我不眠时唯一愿意听到的。我的脑勺，安放在（昨夜的）枕头上。身子安放在别的名字（一个可共享的名字）之下。我走过来，又走过去。天花板是安静的，在那里，我卖掉了我长期拥有的房子。我放掉了我豢养的一只老虎。这还不够吗？这还不够——为了表示我仍然是醒着的，我把一粒（黄色的）致幻剂，放在我刚用过的杯子里，放在我刚刚离开的椅子上。我离开表示我从未放弃。

二五〇

我听见垂柳深处的争辩声，久寻不得。有人听见垂柳深处的争辩声，在那里找到了——我。我被视作这争辩之声的源头。

二五一

让湖水哭出声来，为了我父的脑溢血，也为它自己。让它哭出声来，滋养两岸懵懂与智慧的树木。

二五二

垂柳怀着各自的理想伫立湖边——有的想做棺木,有的想做提琴,有的想做病马,有的想做断弦。

当这些棺木、提琴、病马、断弦再聚于黑池坝边,在稀薄的晨雾中,看见它们像当年一样垂首拂向湖面。湖水安宁,仿佛早已得到答案。

二五三

桌上的杯子滚落——掉在一个被预设的四边形里。我们对假说有着难以控制的姑息。

二五四

桌子吸收掉从它上面滚过的每一件东西。

有和无的"两分法"令人安静——那些我们必须对其保持缄默的事物,总是在各执一端。

二五五

我们因心存恐惧才看得见星辰。我们把恐惧洗干净、捆扎好,轻轻放在星辰之上。我们的心把星辰磨得闪亮,在一个尽量简约的句式中。

二五六

玄学的快乐不为解决任何疑问而来。我想,我不过是一个被这种快乐鼓舞得全身发抖的老糊涂虫。

二五七

拿此杯置于桌上,它距我的心脏三十厘米,距窗子一米,距黑池坝五十米,距紫禁城一百三十公里,距天蝎座群星十八亿光年。距老子眼里的雪山二千六百年,距明朝灭亡三百年,距一只蚊蝇在我眼前的死亡仅一秒。

此杯为核,新秩序涌动。此杯为实,那些逝去的不过它的幻影。此杯为虚,那些被倒掉的物体成为它存在的依据。

此杯像一只钉子,将"无限"牢牢地揳入我的桌面。

二五八

如果桌子不动,被思考的杯子是它的最大离群值。

二五九

荒谬从未发生。

如果你感觉到荒谬,那是某种启示像"残留的圣物"正在来临。

二六〇

　　生存的密码无处不在。
　　如果你没有找到，请在你的脸颊上画一个四边形。如果我看到这个四边形，会在霎时恢复某种知觉。

二六一

　　是逻辑所要求的某种严谨毁了我们。它毁掉了我们最美的旋律、呓语和棺椁。

二六二

　　知杯子与垂柳之无二，用其不变，言其之余。咀嚼物内之茫然而爱暮色之万古，执于我心之所需而爱短暂之肉身。
　　又问：杯子与垂柳究竟有何不同？

二六三

　　傍晚，凭窗可见的卡车司机像一颗速溶剂化在我的杯子里。他把从肉联厂运出来的渣土，倒在十五公里外的斜坡上。这个景象仿似熟悉，一千年前就见过。那时我也是一个局外人。为什么还要在我的杯子里再溶化一遍？发动机熄火时，我甚至听见他在吹口哨——一种俚俗的小曲。

一切无从问起。时间不是个难题，轮回就像他长着疤痕的脸那么清晰。

二六四

镜中绷直的绳子偶尔松弛下来。房间的一切恢复了轻松。肉体的巨大阴影，在闹钟的表面。祖母的放大镜曾放大了某种空间，而我已不能再次进入。

二六五

现实给了我一双复眼。我看得见柳树之在，用尽它形象的暗讽，用它多达四十四个师的凌乱不堪和对每一个晨昏牢不可破的忧伤。

二六六

达利*曾赞美甲壳类动物将骨骼移至外部并把细腻无比的肉藏到内部的美德——"由于严格的体型保护着它们柔软而有营养的种种妄想，它们才能封闭在庄严的容器内，不受外部的糟蹋。只有去掉外壳才会使它们遭受我们味觉器官帝国的征服。用牙齿咬碎小鸟的颅骨这是何等美妙的事情啊！人们能换一种方式吃脑髓吗？"

---

* 达利（一九〇四——一九八九），西班牙画家。代表作品有《记忆的永恒》、《安达鲁的狗》、《黄金时代》等。

又谓:"牙床是我们获得哲学知识的最佳工具。有什么能比你慢慢地吮吸仍在臼齿间裂开的骨头的精髓更具有哲学意味呢?当你从全部东西中寻找到骨髓的那一瞬间,你似乎就控制了形势。这就是突然从中涌出的真理的味道,这就是从骨之井中喷出来的,你终于紧含在齿间的赤裸裸的鲜嫩的真理。"

二六七

我有不治之症被命名为"杯子",而不是相反。否则立刻会陷入语法的迷途。许多时候,正是语法与结构而非主题泄露了一个人的内心——正因如此,我读诗时先看结构。

二六八

是黑池坝和它的垂柳,分享着我非语言的苦与乐。它曾那么慷慨——当它说"你的即是我的"。

二六九

这些年,黑池坝柳树的繁殖呈现了加速度,在合肥的安庆西路—寿春西路—老环城路的包围中。

智慧的力量不能使柳条直立,却能让它连根转移到另一个世界里。

二七〇

我是个七面体。垂柳是个七面体。我们只有一面是契合的。我们在那里达成了极乐与妥协,而此面并不为人所见。

二七一

垂柳庇护的两张石凳上坐着两个人。他们窃窃私语,像两个开心的盗贼——他们在垂柳深处将偷来的东西转化为难以理喻的一切。
他们跟我们共享一个已知世界。他们独自享用着一个未知世界。

二七二

我正在通过某种隧道——你们所说的蠕虫洞。我正在这里经历的是一种语言的现实,它并非某种预言,我要说的也找不到一种证据。我所说的皆否认你们所讲的"事实"。

二七三

我踩过的台阶一级级地消失了。那些青春的台阶、专制的台阶、暴戾的台阶,数不胜数。我想把它们归纳为某个整体,但失败了。我想从它们之中找到某种同一性,也失败了。

如今它们可能重聚于某地，等待我再次踏于其上。

二七四

每日绕着黑池坝跑几圈。逆时针跑，倒立着跑，倒退着跑——我一跑动就发觉周边事物的多余。我有对抗的两条腿和禁忌的一个身子。我喜欢在斜坡上跑，在一个曲面上跑，在一个多面体上跑。直到湖水在我头顶静静地旋转，夹在其中的几声鸟鸣像几片偶被记起的时光旧渍。

二七五

请说"不"。选一个日子，对所有的人，所有的物体包括暗物质，对声韵训诂、名物制度、经籍考据、天算地理说"不"。

二七六

杯子的医生和垂柳的止痛片。
我的病状就在对它们的发现里。

二七七

用三个月画一只孔雀。油漆抹出的一副苦面目，一个自闭者的绝望游戏。画一只寄托的孔雀来慢慢篡改窗外的世界。

二七八

鲍照*诗句"惊雀无全目",又句"百丈不及泉"。费年余读罢他的全本,察其不易处:物象在存废之间,义理在尺蠖飞蛾之上,技艺从不避危仄中来。

二七九

从侧面看,这间咖啡馆像个停尸房,不断有人从拱门出来。

整个下午,我们在那里,各讲各的。没有谁问起谁,没有谁回答着谁。

他们制作冰块,玩老式照相机,拍下烟雾中的器官。

我输掉了筹码的三分之一,是多么奇异的一个尺度。

独臂杨兮在椅背上刻着蝙蝠。没有人在乎他。没有人在乎他的末世伽蓝。

二八〇

创造力——尤其是艺术创作,不来自立场而来自直觉。这个词对我意味着误入鸟嘴的虫子。

弗雷格曾说每个断言背后都有一种假定。好吧,假定我

---

* 鲍照(约四一四—四六六),南朝宋文学家,长于乐府诗,与颜延之、谢灵运合称"元嘉三大家"。后人辑有《鲍参军集》。

是一只鸟,假定这个世界存在无穷无尽又神出鬼没的虫子。

二八一

请把垂柳列在形式主义清单的榜首——正是"它的"形式激活了我们。

二八二

我们善于用否定来平衡那些早已获得的东西,比如我们通常会说:"哦,那是些老东西,它的壳和肉都令人窒息,不打破它哪里会有新的出路。"我们不习惯用肯定来使它们获得新的生命,我们何不说:"啊,它早就在那里,何需苦苦寻找。它有着它自己都未曾觉察的内容。生命力只在此时、此处、此物之上。"

二八三

所有建筑物必须经过思想的二次捶打,"坚固"不过是臆想赋予它的一次临时判断。

二八四

柳树的存在,是对榆树的最大肯定。
柳树之中的戒律巩固了它自己——这里我们要讨论何谓

"肯定"。如果把肯定定义为一种明确无误的区分，那么我们可以说，是我们为物预设的戒律帮它们找回了自我。

二八五

再说戒律。假定物体都是受戒者——像猫在四边形中吃完鱼出来，它并没有意识到有戒律的存在，因为它饥饿。此时它不能被称作一只"猫"，我们赋予它的命名暂时被取消了。

二八六

语言游戏向自身索求的是某种"尽头的乐趣"。

二八七

我们依赖喻体来认识这个世界，喻体——事实上，将更强的扭曲注入了语言中。比喻是语言中的绞刑架（这本身即是个喻体）。我们能设想一种没有了隐喻的生活？

我终会找到与我互为喻体的"那个"。

二八八

秋日草丛，蚂蚱在漫射的白光里发愣。深山的嗡哨，知命的远客。大地充斥着亘古未变的、非个人的诗性。

"当代语言"此时有何作为？

二八九

真,只有气息,没有本相。

二九〇

科学实践告诉我们:在失重状态下,垂柳的枝条不再垂下,蜘蛛也会画出混乱的线条。

而我们不断告诉自己:垂柳垂向湖面——它应该如此。它就是秘密本身。它就是世界的意义。

二九一

柳树之下,是言语的危邦。那不能够被说出的柳色,它刻满了狮子的心脏是言说的危邦。在树梢晃动的落日,是教育的危邦。

那城池在眼,我双肩沮丧。蝙蝠像一场祭奠倒挂在树上,等着我注入某种言说。何处笛声来?——仿似他们内心的捆绑已被松开。

二九二

工具没有主人。

满街灯火声色不动。给哲学以色彩,让康德与毕达哥拉斯进入我的一平方公里以内*。

二九三

制作一座绞刑架,养活了一棵柳树。

两者之间的呼应与对抗,养活了我们——试图建立某种秩序并终将其付之一炬的人。

二九四

垂柳从未被呈现,我们以为它被呈现了。杯子从未被说出,我们以为它被说出了。

僭越——就在此时,就在此处。如果有我,那么"我"为臆想,亦为拯救。

二九五

下午我看到一排镍币在街上滚动:列着队并偶尔变换阵形,像受训有度的士兵。我知道,它们无法描绘滚过的每一寸,无法呼唤其同类,无法预知它们赶去建筑的象牙塔是什么模样。

我信任这些从不开口说话的事物,信任它们划出的线条。

---

* 康德(一七二四——一八〇四),德国哲学家、思想家。著有《纯粹理性批判》、《实践理性批判》、《判断力批判》等。毕达哥拉斯(约前五八〇至约前五七〇之间—约前五〇〇),古希腊数学家、哲学家。

我知道它们在服务于同一件东西——某种被固定的程序，上帝脑中的狂想，从未有丝毫改变。或许我该感激它们印证了我。

二九六

昙花在我的盆中盛开刹那。

就在这一刹那，宇宙结构因它而改变——我们在其内部、在某种战栗的里面观察到它，"俯身其上"不过是一张幻觉的素描。

二九七

任何物体都是一座语言陷阱。

垂柳就是一座由枝叶、胆汁和致幻剂构成的语言陷阱——某种关于"我"的陷阱。

垂柳隔着语言的栅栏呼唤着湖边的自己——甚至是被制成了桌子、假肢、木偶、绞刑架、薪炭的灰烬、修道院屋顶中的自己。

而我们将听不到任何回应。语言的快乐不在于回应客体。

二九八

我抱出了公鸡，你们当成是隐喻。

我写下了隐喻，你们看到的又只是一个筛子。

二九九

迷中有执。不必回头。相信我：正在那空白处，有一株垂柳——无可说之垂柳。

三〇〇

恶，是一只人人可饮的杯子。而善只是一种"表达"，或许有人说善赋人以安慰，这同样只是一种"表达"。

楔入现实环节的某种善意，并非真正的善——正如麒麟从不是一种真正的动物。

三〇一

诗的本质之一是对命名的反驳。

三〇二

二十多岁时，我常去安徽省图书馆——矗立于合肥市包氏墓园旁类于杜冷丁的建筑群中阅读。

知识所包含的某种麻醉让我记得它是赫红色的——我曾

告诉自己：瞧，梭罗是这样描绘的，而埃舍尔用另一种方式*。在那些个人语言中，在那些语法结构里，这是某种基础性的生活。但事实上它的深层之味来自一类"例外"——那才是"这个词的本义"正穿过某种神秘的体验得到缓慢恢复。

有段日子，"他"整日在高大幽暗的硬木书架间徘徊，却绝不翻开那些书。在我的回忆中呈现为"他"的那个年轻男子，突然觉得不再需要那么多语言能力来认识自己，不再需要那么多"别的东西"来完成对自我的抵抗。"他"索性不再读了，只享用着那种"我在此处"的心灵状态。"他"在图书馆闲逛，并勾引过一个乌托邦一样的女孩。他们藏在外人罕至的旧书架间性交。靠着对往昔"真实"的珍视，"他"把自己从"以虚构为基调的今日"解脱了出来。

今年，我又去了一趟安徽省图书馆，而我的凳子移到了图书馆后边的河畔。想起一些什么又迅速清除掉了。看着水中挺立的枯荷，并成功地清除了附着其上的杨万里、陈洪绶、弗洛伊德和乌托邦**。

三〇三

诗是加了密码的文体。
为何要加密？并非对阅读的拒绝，而是要恢复此文体自

---

* 梭罗（一八一七——一八六二），美国作家、哲学家，超验主义代表人物。著有《瓦尔登湖》等。埃舍尔（一八九八——一九七二），荷兰版画家。代表作品有《昼与夜》、《相对性》、《上升与下降》等。

** 杨万里（一一二七——一二〇六），南宋诗人。陈洪绶（一五九九——一六五二），号老莲，明末清初画家。弗洛伊德（一八五六——一九三九），奥地利心理学家、精神病医师，精神分析学派创始人。

古以来的某种尊严。

任何一类读者，无论贩夫走卒还是王侯将相，在阅读诗歌的欲望中，都潜存着对这种古老尊严的体认。

三〇四

诗性远非诗人的专利或仅为他所猎获。它是物中最本质的东西，每个人都不可避免地与它相遇，正如每个人都收藏着没有任何指向的、超越功利的哀伤。

三〇五

我们必须抵制这样的诱惑，即将诗定位于比我们手中面包、比我们的手更远或丧失了前两者的触感的那种终极位置上的东西。

三〇六

任何一首诗面临的困境，都要大于创作这首诗的人的困境。

三〇七

诗中存在着自我推动力，即它的演进来源于"第一句"。第一句确立了整体的氛围、语调与词的逻辑性。第一句在建立秩序。这是诗学的基础性技术问题。

而"第一句"源于何处,则是诗学的本质问题。

辑二
三〇八一五九五

三〇八

李白说:"蓬莱文章建安骨,中间小谢又清发。"*诗史如曲径巨树,有奇特的起伏与枯荣。有时也旁逸斜出,在达摩至慧能**间,禅宗对诗学基本问题的挖掘与建设,甚至比同时期诗人更多。

三〇九

《黑池坝笔记》的基本秩序建筑于诗性而非逻辑之上。有时我会刻意制造出无序的表面,但触角敏锐者自会从间或跃出河面的鱼、柳树、镜子等随意穿插的物象上,捕获到显隐之间的心灵线索。他们会紧紧捂住这发现的欣喜而向周边的混乱无序连声致谢。

语言的灵性及它的局限性在这本书的神位上。

---

* 语出李白诗《宣州谢朓楼饯别校书叔云》。李白(七〇一—七六二),字太白,号青莲居士,唐代诗人。后人辑有《李太白集》。
** 达摩(?—约五三六),禅宗始祖。慧能(六三八—七一三),禅宗六祖,曾建立南宗,弘扬"直指人心,见性成佛"的顿教法门。

三一〇

　　一首好诗中，有无数的入口和总是大于入口的出口。中间是语言折叠出的多维度空间。即便是一棵树，在一首诗中也会被不同的读者、在不同的空间里完成 N 次的发现。诗是这种空间的装置艺术。
　　一个敏感的读者同时从不同通道的多个出口走出一首诗。

三一一

　　当然，最妙的读者是自我携带出口而进入一首诗。他神秘地以阅读拓展了经验的空间，并觉得自己更应是此诗主人——"料青山观我亦如是"的茫茫然。
　　诗的伦理学由此建立——诗藉作者之手现身，而作者仅仅是第一个穿过它的人而已。

三一二

　　万物具象而映现，是帮助人类在语言中找到出口。鱼跃出水，鸟鸣于涧，霾涌于谷，每一个明晰的现象都是出口。
　　而令人苦闷的是常常找不到那神奇的入口。

三一三

入口是自我否定,出口是物我如一。
最会心时,我的入口正是我的出口。

三一四

为了记录我们的垮掉,地面上新竹,年年破土而出。为了把我们唤醒,小鱼儿不停从河中跃起。为了让我们获得安宁,广场上懵懂的鸽群变成了灰色。为了把我层层剥开,我的父亲死去了。在那些彩绘的梦中,他对着我干燥的耳朵低语:不在乎再死一次。而我依然这么厌倦啊厌倦,甚至对厌倦本身着迷。我依然这么抽象,我依然这么复杂。一场接一场细雨就这么被浪费掉了,一个个词语就这么被浪费掉了,许多种生活不复存在。为了让我懂得——在今晚,在郊外,脚下突然出现了这么多深深的、别离的小径。

三一五

诗之相不仅是一朵花,同时是根部的垃圾。诗也是否定前两条定义的"不"。诗尤其是垃圾向茎叶上输送并催其爆裂盛开的一种力,及这种力中包含的"不"。

三一六

一种内在的神秘从诗的内部向外张望时，它并不顾及或说无力成全自己的形体。只有当这种神性快要瓜熟蒂落并向外跨界时，形式主义才有达成的可能。

形式主义是诗对自身最后和最猛烈的要求，而非最初的啼哭般诉求和那一点点唯美的冲动。

三一七

诗并不要求诗人清除自身在认知上的浅陋。事实上，我从未读过一首真情涌起于内心而最终又被归之于浅陋的诗歌。

三一八

诗被要求在其内部生成巨大的空白。这几乎是最重要的一种形式，甚至是一种庄严的仪式。它是语言抵达的缺席而非诗意的缺席，是一之将生而非一无所附。它尽含四面八方之苦。缺席是诗最重大的主题之一。

三一九

很少有诗人避造句之天赋如避瘟疫，这确是一件缺憾的事。天赋在语言中留下的錾痕及时被修复才是真正值得赞美的，在一些大师那里造句之天赋常被视为通病而遮蔽得很深。

三二〇

一个白痴与一个语言大师有时会使用一模一样的句式。唯一区分在于他们置此句于迥然不同的语境。

三二一

没有一种外在物比暴政及其附加的苦难生活赋予诗的灵性更多，诗的内在建设并不自发形成它所必需的巨大逼迫。所以，才有曼德尔施塔姆*和《古拉格群岛》。

三二二

从社会学角度观察，诗赋予弱者以尊严。存在着魔术般被诗性唤醒的断代截面，比如明末。也存在着神奇的《诗经》中"风"的创作者：从周南、召南、邶、鄘、卫、王、郑、齐、魏、唐、秦、陈、桧、曹、豳等十五个地区采集的土风歌谣的创作及吟唱者。当"风"作为一种心灵医疗的力量穿透后世，我们很难还原它的作者或许是一些力不能举步、视不及方寸、鸣难以越过土墙的乡间瞎子、跛足者、哑者这一起始景象。这是诗学整体上最伟大的贡献之一。

---

* 曼德尔施塔姆（一八九一——一九三八），俄罗斯诗人。著有诗集《石头》、《亚美尼亚旅行记》等。

三二三

　　从诗本身看,世上并无"孤独"二字。孤独是诗人无力营造神秘氛围的代词,是无力敞开自我并参与万物之合唱的代词,是泥塑快速消融于急促的雨水而无力歌唱此消融的代词。

三二四

　　我们丧失了诗经时代诗人以语言和音律尽情分享万物之神性的仪式感。悲剧的是,当代诗歌既不能修复这种仪式,更无力书写丧失本身。

三二五

　　只有"丧失"还存在着,像深埋的大理石内部被点亮的火炬,像铁锈中的火炬。这是一个当代诗人的真正道场。

三二六

　　诗的批判力图在彼得·帕克*身上剥出蜘蛛侠、从梅兰

---

* 好莱坞电影《蜘蛛侠》的男主角。

芳*身上剥出杨玉环给阅读者看。这种雄心有时与创造者的愿望相反，他们更愿意还原出沦陷于日常的自己。我们也从不耻于认为，诗也可以从商业文化涂料和政治暗语中剥出它自己。

三二七

一首诗往往最早失败于对直觉的不信任。

三二八

诗歌在写作时即包含了对阅读者最严苛的挑剔。但我们常常遇到另一尺度——以读者数量和杂志发行量等商业指标来衡量诗歌的状况，这情形类同于在欣赏枯荷之时心里在盘算藕的市场价格，连美不可言的淤泥都被忽略不计了。

三二九

最容易遭受的误会是，一首诗的深度与容量是它的作者在创作时定制的，即诗人自身在某一刻的深度与精神容量。其实，前者是个急遽的变量，它远比后者要深刻与宽广得多。

---

* 梅兰芳（一八九四——一九六一），京剧名角。代表剧目有《贵妃醉酒》、《霸王别姬》等。

三三〇

诗最古老的天赋在于它创造了一种情感与精神的巨大变量。

三三一

任何一首诗本质上都是无法完成的。我没看到任何一个诗人能彻底固定住它所在表达之物的边界。我们读到的不仅是变量,而且是残肢。

三三二

我的书架上有两万册书籍。当我感受到一首诗的强大,快要被它的气息击倒时,我会把这首诗插到书架中,让巨大的海水淹没它——有时仅仅是插在王船山和方以智之间*,即刻感受到了这首诗的渺小。当然,以同样的方式,我也见识过一些诗章的庞大。

---

* 王夫之(一六一九——一六九二),诗人,与黄宗羲、顾炎武并称为"明末清初三大思想家"。晚年居南岳衡山下的石船山,著书立说,故世称"船山先生"。著有《读通鉴论》、《黄书》、《尚书引义》等。方以智(一六一一——一六七一),明末清初诗人、哲学家、科学家。著有《东西均》、《物理小识》、《切韵声原》等。

三三三

最好的诗对阅读者的审美经验不是挑剔而是挑衅。

三三四

重要的不是解决文学与善的关系,而是文学与恶的关系。一旦恶的力量被语言划定边界,善和美作为次生之物就会自动生成。所以,写作的勇气本身即是一种写作的智慧。

三三五

我们的心灵常常隶属于一个具体的亡者。比如歌德与司汤达曾无限服膺于拜伦*。司汤达有次见到拜伦,觉得极度惶然,觉得快要被拜伦脸部的肤色刺瞎,一双手不知搁在头顶还是置于膝盖上。李白对谢朓也是如此:"一生低首谢宣城。"而李清照则写道:"所以嵇中散,至今薄殷周。"** 这并非在强调史学上的衣钵,而是在突显自身在当下的某种孤立无依。

---

* 歌德(一七四九——一八三二),德国诗人。著有《浮士德》、《哀格蒙特》、《亲和力》等。司汤达(一七八三——一八四二),法国作家。著有《红与黑》、《巴马修道院》等。拜伦(一七八八——一八二四),英国诗人。著有《恰尔德·哈罗德游记》、《唐璜》等。
** 谢朓、李清照为南朝、宋时代诗人。嵇中散指嵇康,见前释。

三三六

　　从生理学角度，李白体内的多巴胺指数远超过杜甫*，鲍照的荷尔蒙中肾上腺素远高于李商隐。这是诗学的另一个触角？

三三七

　　今天下午，流水很好。有人骑驴过桥，有人瞬间就到了山顶。我在写一首诗，名叫《黄姑镍矿》，或者叫《受制于平衡的轨道》。我写他在旧铁轨上磨刀子，越磨越短。不远处，他爸爸在塔中，晃动着乌黑粗壮的阴茎。窗外，云朵也很好。诗中有三个世界：他的世界、他爸爸的世界、另外的世界。穿透这三者的，是不知源于何处的一阵嗯哨，若有若无。
　　而贯通这三个世界的，只有对语言的爱。为此，我们才能看到从一个个符码冲出真实的事物。

三三八

　　方以智在一六五二年抡起了一根大棒。他说杨朱、墨翟"害道"，邹衍、淳于髡"便佞"，苏秦、张仪"危险"，韩非、

---

* 杜甫（七一二—七七〇），字子美，自号少陵野老，唐代诗人。后人辑有《杜工部集》。

申不害"惨刻",鬼谷、公孙龙"怪诞",庄周、惠施"悠谬"*。这位生于我家乡桐城的异人,在《东西均》中成为一个"棒子大师"。到底是棒子感觉到了疼还是棒下的人觉得了疼?如果这两疼俱无,我们何曾真正懂得了那些名字和他们至今仍在述说的一切?

三三九

修辞学造就无懈可击的艺术。然而从整体上看,一件无懈可击之物即是遗憾本身。这也是写作的本质性颓败的一种。

三四〇

过度让位于观看的眼睛,让我们丧失了只有闭着眼才能看见的事物——那些不囿于形、存而无态、须集五官之齐鸣才能真正进入的东西。

三四一

是"我们不能说出的东西"在确定世界的基本秩序。我们正在写下的,只是与本质世界毫不相干的"独自的游戏"。或者说,所谓本质的世界只是我们幻觉的根源而非思想的根源。

---

* 杨朱等十二人均为先秦时期思想家、阴阳家、纵横家。

三四二

　　废已执而丧我，去形蔽而忘神，聆天籁而从耳之微，随风息而屈视之著。

三四三

　　我们言说的能力界限，是描述与思考"有来源的东西"。诗歌企图在此界限之外的努力，正是它被命定地注入了某种悲剧性的原因。

三四四

　　这个世界的柳树，每一棵都栽在它应该栽种的地方。
　　我们对物性的认知在此陈述中与物对自身的认知神秘地契合了。

三四五

　　存在着"诗自体"，即诗在其体内某一词的强力推动下，进行着超越写作者个人能力边界的疯狂演绎。在一首好诗中，诗人被动与被逼迫写下的部分才是惊人的。

三四六

诗人是由上帝授权唯一可以以模糊面目和模糊语言进行批判及维护自身生存的人。其他人包括科学家和哲学家，在这一点都被严格禁止。

三四七

我是从不为诗划出禁区的狭隘经验论者。

三四八

在咖啡馆掷硬币取乐。非此即彼的两面。我看见每一枚被抛起的硬币下，都有一个偶然性的大海在翻滚。

三四九

被剖开的水果从盘中跃起，悬空的嘴唇在等着它。残红的冷不丁，缄默的一张机。词语被剥皮后正露出微苦的内核。

三五〇

我的替身在盆中开花。我的替身在湖中游动。我的替身佝偻着脊骨在夜间街头清扫着垃圾。我的替身被这个佝偻着脊骨的老人扫进塑料桶里。我的替身正是这只塑料桶本身，甚至它连塑料桶都不是，只是桶中深陷而静穆的空。我的替身伫立樟树下，看着枝头的孤鸟。我的替身同时站在枝头，随时准备扑入樟树下此人的怀中哭泣。一念去时，尚能抱一。一念起时，分裂来临。我的替身，时时以鱼的形状在跃出河面。

三五一

当鱼跃出水面——当它被描述，它"可说"的身子将落回我们语言的泡沫之中，它"不可说"的身子在我们语言的匮乏中慢慢冷却。

是的，匮乏，正是所有写作者唯一真正恒定的背景，也是唯一的共识。对它的思考会致更大的匮乏，正如鱼第二次跃出水面。

三五二

不是鱼的第二次跃出，而是我们的心完成了一次伟大的模拟。

三五三

一个经典作家或诗人，并非人类精神领域匮乏感的解决者，而恰是"新的匮乏"制造者。制造出新的匮乏感，是他表达对这个世界之敌意的方式。换言之,也是他表达爱的最高方式。而且,他对匮乏的渴求,甚于对被填饱的渴求。

三五四

是金黄孤鸟,推动了薄暮的荒原。为它而升的炊烟,未免太淡。我赞颂它的飞行,是盈向亏的偿还,黑与白的互匿。残月的浮云过渡,或此生到来世的连绵。这就是我的可笑,这首诗的可笑。这就是相对论:庸俗的蝉吟。这就是竖琴对音律的嘲讽。金黄正是孤鸟对你的假设。观者在飞,鱼在跃出,波浪在推动一个疲惫的虚词。

三五五

当鱼跃出河面,是它体内饱含的某种拒绝打动了我们。我们正是它的仍潜在水下的同类。

三五六

是错觉重塑了观看。是幻听复制了耳朵。是移位替代了我们的原形。是抵达告知我们界限在无限地退后。是味后之味毁灭了我们的舌尖。

这是一切艺术的要义,也是我们看到鱼跃出河面的视觉源头。

三五七

猫对鱼的观看，类同于我们在语言中对鱼跃出水的观看。其中包含着死亡，也包含着漫长的有关复活的回忆。

三五八

诗人应该有一种焦虑，那就是对奢求与集体保持一致性的焦虑。好的东西一定是在小围墙的严厉限制下产生的。一个时代的小围墙，也许是后世的无限地基。这种变量无从把握，唯有对自我的忠实才是最要紧的。但鱼在第一次跃出水面时并无自我。它作为一个符号在语言中被掏空、被击碎，又被诗性的力量重塑成形并再跃出水时，它才有自我，它才是活的。

三五九

我们都在自我的变量中汹涌起伏，犹似马里亚纳的海沟内波浪悚动。

三六〇

纵乐的残骸中迎来宁静的星期一。写一首诗，新鲜的语言从不同的地址中走出来。传统蜕化为一种变幻不定的假设。

舌头在味道中为我们再造了一个新世界。而吉尔伯特*在一九六七年说："寂静有一种蜂鸣之美。"

三六一

目睹鱼跃出水面的蝴蝶，因一种归类的饥渴而生出鳞片。而鱼也从蝴蝶身上看见庄周之梦的痕迹。它们迅速地互换了身体后回到自己的生活里。

三六二

存在与虚无之间，有着一种状态我姑且名之为"诗态"。也就是——由可说向不可说游动、言说的力量由可控正趋向不可控的状态。

三六三

我抵制里尔克**所说的以藐视去爱，但完全可以做到爱一切离经叛道的命运。我甚至可以做到他在这两句话中的神经质的对立。

---

* 吉尔伯特（一九二五—二〇一二），美国诗人。著有《大火》、《拒绝天堂》、《独一无二的舞蹈》等。
** 里尔克（一八七五—一九二六），奥地利诗人。著有《祈祷书》、《杜伊诺哀歌》、《献给奥尔甫斯的十四行诗》等。

三六四

一条鱼、一株柳树从作为诗人之对象物的身份焦虑中解脱出来。它们的解脱之道，是诗人在语言中对其的悬置。

三六五

诗歌的语言学，也应是力学的范畴之一。

三六六

来探望我的姑娘，口袋里藏着一条鱼。没有人知道那是一条曾挣破水面的鱼，而我将以语言为它再造出河面。从未有过的呼吸让姑娘憋得两腮潮红。她拼命捂住充满贞操感的含鱼的口袋，她宁可那条鱼在那里饿死。她在懵懂不知中，参与了这场惊心动魄的复活。

三六七

当雨水到来，圆木和春雷贯穿蜉蝣之耳。第一笔的松枝和鸭头，完成了对山河的施洗。只因为我克制太久了，不能在发神经时，与你共牧风筝于河上。焦虑依然不可名状，云朵也尚似旧时。那断了线的江山，我是不忍再看了。只因为不可言诉，而湛蓝必将肇始于最简单的事物。我只能吐下它的骨头，在目力不可到达之处，拆掉不知所踪的云谱。

三六八

我称之为抵消的春日，微风被镀于无端的沉思之所。衰老从枝头淌下，有张开的双颚，却终是无语。柳丝以莫须有的牺牲，显出柔软。那三两下鸟鸣，我是不忍再听了。我称之为孽障的履历和可轻易开启的柴扉里，紫檀椅空着，持久地无人享用。它有四条腿，可供一个人和他心中的两岸稳稳地坐着去死。多年以来，我的阴暗仅为这痴心的木头熟知。我有交叉到来的四条腿。只有这一点是可说的。偶尔笑一下，悲伤像金属片震动不已。

三六九

每个姑娘的口袋都是一条湍急的河流。小纸片儿的鱼想以一个陈述句冲破表达的河面，却又被一只手强硬地摁回水面之下。水中的干涸甚于岸上。我曾在一个女人的口袋里住了七年。

三七〇

鱼跃出水时而被指认为一种政治幻觉。泡沫呢？则与戏剧有关。

三七一

而猫是唯一穿梭于东西方戏剧间的幽灵。它强悍的穿透力来自琥珀般的眼神和九条命的传闻。蜘蛛呢?似乎只是那些世居深山的寡言族人的符码。要讲东方气质,则非麒麟莫属。孔子*遇麟而生,又见麟死,认为是不祥之兆,立即挥笔为麒麟写下挽歌:"唐虞世兮麟凤游,今非其时来何求?麟兮麟兮我心忧。"李白在《古风》诗中说:"希圣如有立,绝笔于获麟。"

三七二

猴子仿佛是个例外——只为明末的南方汉人所爱。南蛮的性想象力驰骋不羁但性器相对北人较小,所以吴承恩**笔下之金箍棒实乃阴茎的化物。

三七三

符号间的匹配性时而引人长嘘。如果猴子与桦树在一起则不伦不类,与桃树在一起就相得益彰。相对于能缩能伸的金箍棒,艳而多汁的桃子在公共语境中常被视为女性生殖器。

---

* 孔子(前五五一—前四七九),名丘,字仲尼,春秋时期鲁国人,思想家、教育家,儒家创始人。言论由弟子后学辑为《论语》。

** 吴承恩(约一五〇〇—约一五八二),号射阳山人,明代小说家。著有《西游记》。

这有助于我们理解取经途中的主体影像。

三七四

早晨我沦陷于鸟鸣的
坛子
怎么也出不来了
难道我所能做的，只是
在这鹦鹉体内
描绘鹦鹉
在这斑鸠体内描绘斑鸠？
我想老去，但被制止

三七五

一条鱼在家庭主妇古老的菜篮了中沦陷有多深，它身上被遮蔽的诗意就有多深。

三七六

将一根绳子变成有生命温度的绞索，从来靠的不是生存的勇气，而是语言的智慧。倘置身其中的人，尚有解脱的妄念，那么作壁上观的人往往会补上"不够"二字。"不够"，是轻风拂面，是自足的根本。"不够"是一条积攒了足够勇气而尚未击破水面的鱼。

三七七

　　我与正跃出水面的鱼悠久地对应着。这致命的对称伤害了第三者。

三七八

　　从河流干涸之前的最后一滴水中,我仍能看见鱼从中跃出。

三七九

　　所有液体中都有鱼的幻象,比如你干瘪深陷的眼窝和在玻璃瓶中晃动的烈性液体。我看见杯子的碰撞之间有鱼似幽灵游动。

三八〇

　　当鱼跃出,它在水中原本的位置既没有空掉也没有被填满。那个位置被定义为回忆。

三八一

　　有我们在物象上进行了最充分的游戏之后,语言将登上我们的神位。而上帝将是语言神位中一种蹩脚的方言。

三八二

在我写鱼之时，鱼也通过我在写它自己。

三八三

河面被鱼撕破的一瞬，是我们的前世与它维空间的铁幕被撕破的一瞬，也是鱼撕破我们并跃入我们体内的一瞬。

三八四

鱼在完成水底的所有神圣使命后才会跃出水面。

三八五

鱼因怀疑不长四肢。它不舍昼夜地跃出只是出于对怀疑的迷恋。

三八六

海德格尔说，语言绝不能从符号特性上得到合乎本质的思考，也不能从意义特性上得到合乎本质的思考。语言是存在本身的既澄明着又遮蔽着的到达。他有一个核心的词叫

"解蔽"。其实，不过是如鱼跃出水。

三八七

庙会上，见一小女孩骑在父亲脖子上猜灯谜。远处，残雪闪烁。苦勤的耕牛游动。我想起两千五百年前的春日，有老人骑在牛背上吹笛，见远处雪山而撰《道德经》。如今我见青山欲废、残雪在鼓励着它。我知道那老人、那小女孩都是我。那跃出河面的鱼也是我。只是这一个我已面目模糊，曾经的那么多个我，已无法前来辨认。

三八八

那一年，我的生活中出现一个圣徒——面黄肌瘦的自来水厂女工。她说她修行时像一块坚冰在火炉中间正形成。她说她像两条鱼同一瞬间跃出同一水面，你持语言之杖只能击中其中一条。

三八九

摄影师放大了世界的假象。他看见了物体表层微小的幻觉的涟漪，但他无法表现出它，除非这涟漪像一条鱼力图表达它自己那般跃出上帝紧紧捂紧的水面。

三九〇

　　我们嘴中含着无用的钥匙。当我们喃喃而语时，当一条鱼扑出水面时，当一颗钻石在遥远的地核中形成时，我们想吐出这把钥匙，可它掌管的那扇门究竟在何处？——像伤口已经显出，而刀子尚未形成。

三九一

　　风过芍药园，犹似僧见妓。

三九二

　　现实滑行于人类对自身想象力的摹仿之上。也可以说，生活的生活抄袭了想象的生活。跃出水面的鱼说，有另一层现实覆盖在我们的现实之上。有另一层更深的匮乏，覆盖在我们已知的匮乏之上。
　　风吹一湖水，小鱼状如僧。

三九三

　　鱼跃出河面时，它是一个诗人。整条河流是它的读者。它们也是各自最终的阐释。

三九四

　　让我们设想在每一条河中、在不同的时代跃出水面的鱼，都有一个共同的敌人。为将这种深深的敌意化为积雪，为将一个词推向一首诗，为让这首诗在人群中的裂变，为完成语言最深的使命，这条鱼必须跃出水面。

三九五

　　早餐中，我的胃里消化了三件东西：父亲死后的一件旧衣服、窗外漫山遍野的红杜鹃和一首描绘褐色鱼群的诗。
　　我想念一个空空的名字，它的下面已没有了曾经作为种子的身体。而另外的千万具像暴雨之雨滴同时跃出幻觉河面的身体，却只拥有同一个名字。晨风拂过我焦渴异常的碗。映在碗中的我仿佛长出一副面目全非的新脸。

三九六

　　当鱼落下，那原本的河面已经撤走。它将落在我语言的第二次形成中。

三九七

　　当老子说"吾有大患，唯吾有身"，当维特根斯坦说"红色的东西可以被毁灭，但红色是无法被毁灭的。因此红色一词的含义不依赖某种红色的东西而存在"，当策兰*写"我能让自己沉入你的身体"，鱼正完成它的纵身一跃：把旧的身体带出水面并一跃而入一具新的身体。

三九八

写作，本质上源于一种寻找替身的冲动。此安置自我的替身，是大于语言的存在。当语言将这具庞大游魂强迫性揽而入怀，我们知道，两者间是有缝隙的——它们在彼此体内晃动。为何永不能将一首诗写得不能篡动分毫？真正的契合只是写作的幻觉。写者也即他人。阅读仅是听见了骨灰盒中的笑哭或静默，仅是微茫的分担。

三九九

秋风不是别的，秋风是我的原著
在第一页，墨水就耗尽了
它肆无忌惮地吹着，无数人的梦境

四〇〇

倘我们要穷尽鱼跃出水面这一现象，最警惕的仍是陷入

---

* 策兰（一九二〇—一九七〇），诗人，出生在乌克兰境内的泽诺维兹城。著有诗集《骨灰瓮之沙》、《罂粟与记忆》、《逼迫之光》等。

鱼的物象与跃的伪迹。

四〇一

当鱼看见梨花从虚无的枝头涌出，它不禁扪鳞自问：这与我跃出水面有何不同？我被复制在不同的物象中，而我相的边界到底在哪里？

四〇二

当一条从河面跃出的鱼，看见另一条从油锅跃出的鱼。
当芍药等于流水，当僧等于妓。

四〇三

如果我们把鱼的概念导向更抽象与更神性的一面，它还有没有剩余的力气跃出水面？是我们在它体内艰难地承担着它最为珍视的一些东西。

四〇四

相对于鱼跃出水面，蜘蛛又该干些什么？它谵妄而不舍昼夜地织网，仿佛只是阻止某些东西从其间跃出。
但蜘蛛说：我的阻击正是我的跃出。
语言在此时亦复何为？

四〇五

　　当新的废铁正在刀子中形成,语言的肥沃已毫无意义。现象的丰收也来得太迟了。我写下的一切,正催促鱼在河面和我在纸上更快地消失。
　　完整地消失是我们在现象上最终的胜利。

四〇六

　　在我散步中直立起来的湖面
　　是巨大的穹形建筑接近完工
　　两个穿红风衣的干部
　　在岸边的大排档吃羊
　　他们一言不发
　　像新漆过的死人
　　头顶着旧塑料袋避雨的老头
　　看着湖水发抖
　　他为什么要发抖呢?
　　哦,一年一度
　　春风吹来再生的源头和
　　一只白鹭
　　春风里鱼醒着,我的乌托邦在饿着

四〇七

　　我梦见我的皮肤正是作为统治者的水面。我有着大独裁者特有的平静。可那剖开我腹部并一跃而出的,究竟是怎样一个歇斯底里的,如茨维塔耶娃*所说的要抓住一根破折号才能站稳的语言的孩子?
　　我的语言为鱼的一跃而哭泣。

四〇八

　　梨花渴望与鱼交换一具身体。鱼告诉它:伟大的幻觉与超越的置换唯有在语言中才能达成。

四〇九

　　作为旁观者我看懂了——鱼的跃起何尝不是一种迷失?
　　鱼的迷失是为了换取我在语言中对它的充足补偿。

四一〇

　　是没有来由的棒喝让鱼落回水中。清流中有我们耳朵难以尽听的雷霆。鱼生百态,禅出百派,花开百样,言入百折,

---

* 茨维塔耶娃(一八九二——一九四一),俄罗斯诗人、小说家、剧作家。著有《里程碑》、《魔灯》等。

都只为了听见。

四一一

　　既有魔鬼存于细节一说——从为人为文的细部观察,我们这时代正在失去精研的风气。倘把魔鬼以"一尺之棰,日取其半"的方式切分下去,微近衰尽之时,佛陀或上帝即会出现。"万世不竭"不是魔性而是佛性。精研,正是驱魔见佛之道。从此角度,我会见魔而喜。世有魔出,则大变革不远。文心见魔,则澄怀在望。

四一二

　　跃出河面的鱼是整条河流和鱼群想象力的延伸。当它跃出水面,它说:我终于捕获了一个没有主人的世界,不管这世界曾多么堆璨与短暂。

四一三

　　我如此不厌其烦地让鱼跃出水面,是为了唤醒已死的一切。有少数人泼皮辛辣至此——他可以每天死一次。在死了又死,再无可死之时,他终会像河岸的杨柳一般嫩如黄金,像河堤一样面对百变之相而固若金汤。

四一四

诗是有"身后身"的东西。活在一种隐蔽身份中的诗人才是可靠的,想想看,一个凌晨清扫大街垃圾的工人,一个火葬场的入殓师或一个税务员,一个托钵而行的乞丐,当他被遮蔽的真实才能是在写诗上,这是一件多么美妙的事。真正的诗人谈诗极为谨慎。他是握着榔头的人,虽然满世界晃动着钉子,却极少出手敲击。谈诗几乎是犹疑地、若有所失地,甚至躲避地在谈。

他不想被作为语言的战俘而交给世界。

四一五

语言于诗歌的意义,其吊诡之处在于:它貌似为写作者、阅读者双方所用,其实它首先取悦的是自身。换个形象点的说法吧,蝴蝶首先是个斑斓的自足体。其次,在我们这些观察者眼中,蝴蝶才是同时服务于梦境和现实的双面间谍。

四一六

我的恐惧来自鱼在火中的回忆。

它被烤焦时油腻腻的味道正是本时代的文学,却不是我的文学。燃自假想敌的烈火包围着我的文字,我因饱含拒绝而拥有更加澎湃的水面。

四一七

受辱，是美与道义的起点。换个说法，我还不曾见过哪一个伟大的写作者能脱离这一起点而完成他语言学的构造。如果在生活中不曾深受，他一定会创造出一个真正的受辱角色来置换平庸的自身，然后他不免喃喃低语：瞧，那人就是我，必须是我。

连一条跃出水面的鱼，都被他抓来用于身份的再造。

四一八

刚开始写作时，我是与物的世界、语言三者中对立的一方。当另外两者被我假想为和解，我身体内的矛在对方的盾上卷曲，或者我体内的盾在对方的矛下穿透。如今我设想我是个旁观者，我的醇透和精匀，都来自观看。诗艺不是对立的技艺，而是感受的技艺。不是胜利者的技艺，而是失败者的技艺。不是凌霄阁的技艺，而是断头台的技艺。

不是鱼跃出水的一刻，而是鱼在观看、我在一跃出水的一刻。

四一九

假如没有语言本身的饥饿和对某种确定指向的期待，鱼不会跃出水面。

四二〇

　　我想我总得服从某种东西吧。它神出鬼没于生活与语言之间。有时它更为具体，我一会儿在它的左边，一会儿又在它的右边。它情态上的歇斯底里，令瓶中的花儿更红。它制造更多的视觉、嗅觉、味觉来阻止我的远离。它一会儿是红色的，一会儿又其色如灰。听命于它，整整一日。
　　跟随这片滚动的精神药片——像鱼一跃出水却从不知它在服从何物。

四二一

　　少女绕着夜间的黑池坝跑步。在我看来，她并非为了加速成长，而是为了深深地压制。将内心某块领域压制住，如同将鱼压在永恒的水面之下，不让这领域与这世界的任何事物接壤。

四二二

　　夜间躁动的少女胸前在燃烧，像正从白衬衣中冲出了一座浮雕。浮雕切割微风的愉悦，正是理念的生成，在少女成为骷髅之前。而在旁观者眼中，自有剃刀掠过颈动脉时的清凉。

四二三

"少女"与"骷髅"是两个词。但"骷髅"从来就不是"少女"的身外物。

这句话的要义在于:我们从不向自身哭诉别离。

四二四

胡兰成*一跃出水时曾指桨帆而嘲讽说:西方的本体论从未有过一个"无"字,认识论从未有一个"悟"字,实践论则从未有"修行"二字。

这个"无"字来自一条名为李耳的鱼。他说:三十辐共一毂,当其无,有车之用。埏埴以为器,当其无,有器之用。凿户牖以为室,当其无,有室之用。故有之以为利,无之以为用。

而另一条名为严复**的鱼则苦笑说:上自《五雅》、《三仓》、《说文》、《方言》,直至今之《经籍籑诂》,便知中国文字,中有歧义者十居七八。

三条鱼乱成一团。我的鱼不得不出水而笑,我之自在,从不因一岸而废另一岸。没有歧义,也没有正解。为概念而致的争斗从不造就真正的生命体验,让概念跃出不如让概念

---

* 胡兰成(一九〇六—一九八一),浙江嵊县(今嵊州市)人,作家、学者。著有《今生今世》、《山河岁月》等。

** 严复(一八五四—一九二一),福建侯官(今福州市)人,翻译家、教育家。

化鱼、化蝶。或者不如来讲句俗话吧：蒸砂千载，成饭无期。

四二五

鱼在水中的缺席，大于水在鱼上的缺席。它们互为困境，比互为依赖更为亲切可靠。那么，当水是语言，鱼是什么？

四二六

在《左传》中，"气"概念分为"阴、阳、风、雨、晦、明"等"六气"。到董仲舒*时，"气"概念统摄了阴阳之气、四时之气、五行之气、自然现象之气、冷暖之气、血气、精神之气、伦理道德之气、治乱之气、精液之气、药物之气、气息等十二种义项。

而我的鱼，只有一条。

四二七

富人和恶人的天堂是个庞大的复数。而穷人的天堂小于一。鱼在水中驱动庞大的复数，而跃出水面则小于一。庞大的复数令人生厌，而小于一则是神奇的母体。

---

* 董仲舒（前一七九—前一〇四），汉代思想家、哲学家、政治家。著有《春秋繁露》等。

四二八

　　用不知名的木头雕成,莫须有的
　　梦境。有的被大火烧过了
　　石板街像鲫背
　　紧贴着疲倦的雨水
　　村妇们髻插桂花、白兰、紫荆

　　我有滚烫的阿修罗花,和
　　大快朵颐的移动的灰色人群

四二九

　　尚未从河中跃出的鱼,仿佛我们语言之监中的狱友。这一跃被闲僧称为"断喝",被痴人称作"顿悟",被无趣的学者称作"醍醐"。
　　当它跃起,世界是一个无法推动的沉默的集体。鱼在我语言系统中的慢慢冷却,才是真正伴我走向完成的独特之景。

四三〇

　　卡夫卡冲破水面说道:疾病是一种信仰。
　　这是鱼唯在源头时才能发现的新景。

四三一

　　浑水中有物搅动，我们知道它不想跃出水面。我们心乱的根源与此类同。文学的能力大致如此：以叙述或相关的语言之力，让水澄清映现它所遮蔽之物，或者逼迫那物破水而出。

　　更多时刻，我们渴望看到，跃出水面的并非我们原本期待之物。

四三二

　　风吹拂窗外葡萄中含糖的神性。

　　世上并不存在神性的葡萄，只在葡萄中居住着均等的神性，召唤我们去剥开并溶于随之而来的深味。

　　我们何不言明此葡萄是枝上涌出的紫色的鱼？

四三三

　　月亮像一个少女端坐天边。她被弃、窒息，又绝望地生长。她通过人们的凝望得到呼吸，深夜自处的快乐像一阵猛烈的马蹄踩碎我的脸。

　　我们何不言明此少女是有四肢、有子宫、会恸哭的鱼？

四三四

　　语言多么有力：我们浑身都是它冲刷出的缺口，我们浑身都是伏虎的伤痕。但静物，似乎更伟大些。世上的每一个静物，语言都在它的硬壳中。

四三五

　　真理滋味如盐，它要一粒不剩地撒在我们世代的伤口之上。
　　我似乎有余力从这伤口中捕到一条鱼而穷尽所有时代和所有种类的鱼。

四三六

　　当我们认定是鱼的化身在跃出水面，此化身亦是一柄可丈量万物之相的、远古的戒尺。

四三七

　　湖边。柳树醒着，画架旁的女孩睡在她瘦弱的十二岁里。菊花在奋不顾身地长出：为了这女孩能精确地画下它。她那么专注，仿似已睡去。她的十二岁不由物质构成。她十二岁的眼睛无坚不摧。这偶尔看着我的眼睛，也正是删除我的眼睛。这绘花的手,也正是撕花的手。这建庙的手,快过我毁庙的手。

湖入我心,入我耳,入我喉,入我的不合时宜,入我的面目全非。

四三八

茨维塔耶娃自缢后,遗书中有一句:"请别活埋我。检查仔细点儿。"王船山则是另一番景象,他说:"七尺从天乞活埋。"一个恐于活埋,一个请求活埋,都是断肠人语。

四三九

傍晚。我听见树上一只鸟,对另一只说:"来吧,来吧!扑灭我身上这场大火。"无数次,我听过这声音:孔子游说、老子长默、乔达摩割肉饲虎,乃至荷尔德林赤脚横穿欧陆、玄奘刺血写经、八大哭之笑之*,再至黛玉葬花、张生翻墙、梁祝化蝶,想说的无非都是这句。来吧,扑灭我心这场大火。

同一句话。在同一句话无尽翻滚的这世界,这鲜活而哀伤的河面。

---

* 乔达摩·悉达多(前五六三—前四八三),生于尼泊尔的兰毗尼,佛祖释迦牟尼的俗名。荷尔德林(一七七〇—一八四三),德国诗人。著有《自由颂歌》、《人类颂歌》等。玄奘(六〇二—六六四),唐朝"三藏法师",中国佛教法相唯识宗创始人,译经师。八大(一六二六—一七〇五),本名朱耷,别号八大山人,明末清初画家。代表作品有《眠鸭图》、《鹭石图》等。

四四〇

病是世界的譬喻。

而死亡是所有人的代价，人们唯有通过对死亡的认识才能真正热爱人。这话是一个死去几个世纪的医生说的。此刻，他是我的河流中一条赤贫的鱼，生前连一个生炭的泥炉都买不起。凛冽的河面温暖着他，但他仍无足够力量跃出河面。

四四一

九月之暮是真好时辰。雷消炎祛，松静潭清，街角炒栗子最好吃。雁鸣一二，老叶离枝，味同棒喝之余。不如小坐杂木林，泥息剥皮，茎叶及踝，不知名枯树最好看。桂树正磨穿自身牢笼，散发出牺牲的香气，仍是那杳如凫迹的最好闻。活着是禁锢而生百变。胡兰成说"我即一败"。我们即群败。河面败极，秋兴大起。

四四二

果子熟透了，会自己从枝头掉下来。在此之前，空着手才是王道。无论是取的手，还是舍的手。以前我觉得诗歌正是这种空，对俗世的报复。而现在，作为武器的文学已被挥霍完毕，作为对象的文学正在到来——是柴米油盐、犬马声色对"空"的一次绝地反击。

我们正是在此处，慢慢恢复原形。

四四三

鱼从水中跃起的一刻，是超越界线的一刻，最接近死亡的一刻，也是任何经验、判断、有关虚无的一切词汇都不能描述的一刻。

四四四

从河中跃出的每一条鱼，被剥皮后都是我。

四四五

诗学即是剥皮学。比如，卧室剥皮后是一条峡谷。椅子剥皮后是它生前为枝时曾奋勇接纳的一只鸟。枪炮剥皮后，是它曾呜咽诉说的玫瑰。伪经，剥皮后都是佛相。我剥皮后是你。

诗学真正令人惊异之处，不在于更复杂的"它何以是"，而只在于"它竟然是"。这是世上最蛮横的、最不讲理的，也是最奇妙的指向。它抛弃了无所不能的自由，而仅让自己停留在局限的、强指的自由。不在于屎溺桌椅何以有道，而在于道竟止于屎溺桌椅。"竟然是"！——"竟然是"的无穷乐趣。

四四六

每条跃出水面的鱼嘴中,都含着一座精美绝伦的语言宫殿。

四四七

当鱼在水中,河流是完整的。当鱼跃出,河流依然是完整的。完整是它们对自身的僭越,既有想象的一面,也有备让语言生畏的另一面。

四四八

二十岁时喝酒,常从落日楼头喝到第二天凌晨。喝着喝着,就有人离开了再不回来。喝着喝着,就有人被砍了头。喝着喝着,座中少女一个不剩了。喝着喝着,唐宋元明都远去了。当年遥想的白首不相欺,已在眼前。当年的敌视成了今天的固守。少年宜群,中年宜独。如今偶尔群饮,都是太匆匆的酒,泼掉了重来的酒,没看透的酒。

四四九

湖边。鱼不时跃出水面——当它落下,湖面早已不是刚才的湖面。

我每跨出一步，就丧失一个自己。擦肩而过的姑娘啊，我手里攥着你的万千化身。可这流逝，哪里算得上什么新玩意——有没有谁像我仅对不变感兴趣？来来来，请到我的烂醉如泥中开朵金刚低目的旧花中，请随我从不停落下的鸟屎中找到永恒六和塔。

四五〇

鱼每跃出水面一次，都会废掉一个俗世的旧址并带来一个神性世界的新址。

四五一

诗人的生活总是疑迹重重。他无法将语言中的振荡与幽玄，移植进个人生活。他能力的最大极限是完成诗的构造，其他的尽可弃之不顾。再延伸一下：他的诗作为解剖一个时代的参照物是有效的，作为个体生活的参照时则是无效的。语言特异的真实性来源于此。

四五二

我牢牢记着一个约定。但忘了要跟谁相会？在哪里？我便日日在这湖边漫步，日日在这里加速。

我从一个我散成了一群我。每晚遇见柳树状的我、卧石状的我、睡虎状的我、无状仅闻其声的虫鸣的我、无状仅闻其味的花香的我。因我之统摄,这一切物象深深沉浸于漫长的"等"之中。但没人告诉它们:要等谁?要等什么?它们日日在加速,它们正不断从我体内溢出,像一群鱼正苦恼地不断跃出水面。

四五三

在这个唱和听已经割裂的时代,只有听,还依然需要一颗仁心。

四五四

我无法阐释一条正跃出水面的鱼,也无法确证这现象中有多少的视觉的伪装和传递的陷阱。我只能描绘,围着它踱步。

四五五

围绕着它——一条鱼?或者是一堆可被显现为鱼之外形的牛粪?或者是一个随影换形的菩提?我们踱步,在随时爆炸着的无尽的现象泡沫之中。

四五六

一堆牛粪变成一颗钻石,只需要一个比喻。

比喻是唯一能挪动万物并在那里扮成上帝的技艺。大地因缺少神奇的比喻而变得庸俗与稀薄。

而我昨天或在刚刚逝去的一秒，拒绝吞食喻意。

四五七

如果鱼和钻石都只是一个象征物，那么我们如何消解它们除了形体之外的其他内容呢？

四五八

我喜欢在傍晚荒僻的郊外公园里散步。一次，看到桂树下站着一个冶艳的女人，我问她："是人，是妖？"她咯咯地笑着，"是人"。她问道："你呢？"我说我是一匹马，她即刻晕倒在地。

她为什么恐惧像我这样一匹不羁的良马呢？人，为何有那么深的对形状与伪相的畏惧呢？

四五九

沉默的湖水。湖水中有我们臆想的蛟龙和麒麟。对一些人而言，没有这些臆想物，他们就会死掉。而对另一些人而言，湖水中什么也没有，湖水是空的。这正是生存的矛盾之处，也是波浪形成的原因。

四六〇

佛头着粪也如鱼跃出水。

四六一

或者,鱼跃出河面只是一种空洞的仪式?要么只是一种风俗。是我在我的眼睛里沦陷得太深了。

四六二

我们会在梦中冷不丁地闯入上帝的禁区,目睹那些看似不经意实乃上帝故意泄露给我们的刹那绚烂。我们愣头愣脑地在这禁区内张望、哭泣,正如一条鱼完全失去支撑地立于空中的那一瞬间。

类同维特根斯坦那里与"语言本质的奥古斯丁图像"的决裂?或是达·芬奇*所做的永不能制成实物的机械绘图?我应感谢他们因解不开而给我的如雷之默。

四六三

鱼从破水而起的那一刻起,它就只是一个字了。它所有

---

* 达·芬奇(一四五二—一五一九),意大利画家、雕刻家、建筑师,与米开朗琪罗和拉斐尔并称"文艺复兴三杰"。代表作品有《蒙娜丽莎》《最后的晚餐》等。

其他使命已经结束。它只在心理学层面冲撞了我们。

四六四

用语言的大板斧猛击这条鱼、这个字。让它成为一个词组、一句话、一种方法、一种哲学、一个世界——一个我们能从其中找到来源和活水的世界。
以大板斧而非绣花针。以死亡而非救活。

四六五

把一个日常的问题逼迫到"无意义"的境地，把一条鱼逼迫到在八大山人快要枯竭的笔墨下变形的游动中，神圣的局面就会到来。

四六六

当世界的确实性避开我们的所见，而生成于自思想的路径上；当确实性的根源是方法而非结论——
我们怀疑过这条鱼此刻并非从河面，而恰是从我们心中跃出的吗？

四六七

鱼跃出水仿佛是一种凶猛的追击力量在脑后，正如一首诗并非由一堆词砌成，而是一个词被一种神秘之力激烈追击着曳迹而成。夜半我们行走在僻巷中，脑后有一种冥冥的冰冷的巨大压迫，我们的行走并非由我们独自完成。

四六八

鲁迅说："爱人赠我玫瑰花。回她什么：赤练蛇。"而英国诗人萨松说："心如猛虎，细嗅蔷薇。"* 相仿的物象，却是两种悸动，两种境界。

又如：一个双重人格的人过形态单一的生活。一个单一人格的人过一种显性、一种地下的双重生活。当分裂来临，他将在哪种形象中掘得更多的资源？他将成为撕裂的赤练蛇还是弥合的猛虎？

四六九

梦境摹拟的并非现实的世界，而是语言的世界。

他对撕裂的理解止步于弥合的愿望。

四七〇

八大山人常给我们一种枯竭感。他画鱼或山水，常有一

---

* 鲁迅（一八八一——一九三六），浙江绍兴人，文学家、思想家。著有《呐喊》、《彷徨》等。萨松（一八八六——一九六七），英国诗人、小说家。著有《于我，过去，现在以及未来》等。

种天下笔墨此刻将在我笔下枯竭的尽头之美、删除之美。凡事至枯竭，神圣之力就会出现。我很难想象齐白石*之辈为何将一条鱼都画得那么喜气洋洋，他显然画的不是一条曾跃出过水面的鱼。

四七一

无疑，生活与梦境互为一个梦。我们在其间，不过是坐等鱼来刺破的水面，或是终将被某种声息洞穿的音障。那么我们何不用另一种表达来唤醒自己——即我们从不曾，也完全没有能力达成自我的突破。

四七二

将对传统的承袭演绎为恋尸癖——形式主义者自有一套特殊的感官，能让河面飘荡的枯叶自以为是一条鱼。

四七三

青山落屐印，小户尽悬壶。石寒叩齿冷，花盛过颅空。

彩雀迎风流涕，萱草自在喃喃。有人无语过桥，有人喧哗泻地。三七二十一变的眸子被寂寞磨得发亮。向上的小路与向下的小路在我泥泞的脚上纠缠。衰老在淡薄的树影中向

---

* 齐白石（一八六四——一九五七），湖南湘潭人，画家。擅画花鸟、虫鱼、山水、人物。代表作品有《蛙声十里出山泉》、《墨虾》等。

我慢慢逼过来。

四七四

鱼泫然一跃与河面远处静静的荷叶呼应着。狮子吼与空山呼应着。一和无呼应着。——平衡着这个世界不被察觉的丧失。

四七五

鱼戏莲叶东。鱼戏莲叶西。鱼戏莲叶南，鱼戏莲叶北。位置的死穴与莲叶的游戏在移动中对称着，让鱼从其间一跃而起。形式主义在一无所为的严厉中赋予我们以最深的慰藉。

四七六

鱼跃出水面甚至只是语言权力的一次叫嚣与扩张，而从不是别的什么力量在来临。

四七七

精确入微的宇宙，虚拟无极的花蕊。假如他们真的只是我的梦境，甚至是与庄周的同一个梦，或者是被同一场叙述所包含的两个梦。假如真的存在任何一件能够从我之中分离出来的东西。假如我看见了它，这世上唯一的假想敌。我在我的假想敌上睡着了。既没有人唤醒我,也没有人埋掉我。

四七八

午后的阳光。斜坡上的杂木林。随便我叫出哪一个人名,都有一株灌木答道:"在。"

"在"是一种多么好的状态。我记得太多的人名,而有关他们的故事却已断断续续地湮灭。曼德尔施塔姆曾写道:"在嘴形成之前,低语已经存在。"是啊,我需要一粒中年的致幻剂。我需要一株永不要与我一呼一应的树木。

四七九

湖畔。枯枝伏在我肩上说:"当我还是一个女人的时候,曾像你们一样热爱修辞、喜欢解构、深陷于意义纠集的泥泞。我曾以创造为唯一生趣,从异性躯体上寻找鱼水之欢,而且耗尽心机探索世上各种奥秘。如今我醒了。再也不必那么做了。我只呈现。"众树应和,默如雷动。湖边密布着物象的演义,草木的倾诉,烈火的歌吟。

四八〇

一个失去梦境的人很容易被剔出,像一根枯枝在青翠林木中那么刺眼。他是我们这个疯狂之世上已被治愈的人,正如已被荷尔德林的魂附了体的海德格尔。当一条鱼忽地跃出,作为一种连续意义的稳定性的河流瞬间不复存在,就像一根枯枝在对应性上抵消了整座森林,像一个诗人突然插入了整个古怪的哲学家群体。

四八一

  我有这样一种梦境中的生活
  红砖筒子楼,有环状的楼道
  偏执凝于圆形的物体:蜂窝煤
  旧轮胎,钟摆,吃剩的
  蛋黄,对着墙角射精的胖男孩
  而这一切,都在褪色,当二楼拐角的
  吊灯醒着,积水摇晃
  死过的事物,会突然鲜艳起来
  它们回到小院,吐
  猩红的舌头,一到春天就
  开湿漉漉的小花

  不管是在孔镇纺织厂做门卫,还是
  在镬汤狱,铁册狱,或无间道
  这老头不过第二种生活
  日日稀粥三餐,碉堡边
  下棋,头发
  因吸收了往事而根茎尽白

四八二

当我们将语言的界限设定为世界的界限，物质的碰撞、蛮力的角逐、权力的争斗、幻象的更替、梦境的接续、时世的轮回、潮水的起落、鼎镬的铸熔，包括观音的显隐，都不过是在沉默这个白线之内的一场蛮横的语言游戏。所以，诗人对这个世界，不是描绘而是占领。

四八三

窗前的银杏树叶，说落就落。没有对立，没有坚持。
它每掉一片叶子，它每一次凋落的自在，也像鱼在河面的一起一落，在我们愚蠢而苦闷的脸上扇一记响亮的耳光。

四八四

先于一条鱼从河中跃起，迟于它落下。
这中间奇妙的延时性养育着诗人。

四八五

一个写作者处理邪恶总比处理庸俗来得简单。如果一个时代在展现它的邪恶之前，抢先展露了它庸俗的一面，这总要毁掉一些人。在庸俗的时代，人的心灵是半闭着的，人的生活半梦半醒。街头晃动着行尸走肉。而邪恶时代你只能痛苦地醒着,并不停地跃出血腥的水面。庸俗递给你的是一个平面,而邪恶将递给你一个有刺有毒的多面体。

四八六

为了清除我们的颓废,石涛画下高呼于坡的竹子、朱耷画下横吊白眼的大鸟、博尔赫斯写下交叉小径的花园、埃舍尔抽掉了在螺旋式上升并相互叠加的空间中的梯子、毕加索画下变形的女体*。他们是那些时代中最美的旋律与语调。

我对世界只有一个请求,即每个时代交给我一种忘不了的语调。我们从来不敢忘记他们的语调,也记下了在遗忘中垮掉的他们的时代。他们所在的河流干涸,只为了贡献这么一些能在干涸中活下去的老鱼。

四八七

鱼以一跃撕破河流而无损于河流的完整。玻璃碎掉而作为意义的杯子仍将完整地传递到我们手中。

诗人们外在于这个时代以保持他们特异的完整性。

---

* 石涛(一六四一—约一七一八),清代画家。代表作品有《山水清音图》、《竹石图》等。毕加索(一八八一——九七三),西班牙画家、雕塑家,西方现代派绘画的代表人物。代表作品有《格尔尼卡》、《和平鸽》、《亚威农少女》等。

四八八

鱼跃出水面,是为了看一眼它寄居在人体内的同类。或者让驻足岸边的诗人看一眼寄居在鱼体内的人的同类。

并非是鱼而是万物的诗性挣破了水面。

四八九

自古至今,从河中跃出的都是同一条鱼。

只不过我们不再拥有同一双眼睛。

四九〇

人唯有藉助臆想的符号才能宣告自身的自由。首先他必须缓解他与语言的紧张关系,才能缓释作为万物之本质的焦虑。

正因为有人敢将焦虑宣告为万物的本质,他的鱼才能挣破不为任何命题所约束的河面。如果有人胆敢斥问此表达何解,他无疑将落入一个最凶险的语言的圈套。

四九一

虚无有着最精确的刻度,像布满我全身的鱼鳞,像世上所有的尺子。

四九二

　　我们从世界溢出来的部分去理解世界。也从此处，去瓦解它的既有。这溢出来的部分绝非康德的先验论的残余，更不是形而上学在物质世界的可笑投影。
　　一个世界溢出来的部分，恰是另一个世界缺席的部分。看见了这种致命交叉的唯有诗人，他们紧密地抱成一团，在这部分中舍生忘死地努力着。
　　一条鱼不是跃出河面，而是溢出河面。

四九三

　　这个世界没有任何一件事物没有被语言经验的醇熟之手深情地抚摸过。
　　是的，当我们看到、当我们闻到、当我们嗅到、当我们尝到、当我们听到、当我们想到，任何一件事物都是正跃出河面的鱼。
　　我震惊是因为没有任何一次例外。

四九四

　　真正让一条河清澈的正是它的无意义，它彻底的无意义，而非它的有用。而鱼的活泼不来自鱼的无意义，恰来自鱼作为一种抗体的无意义。我这本书充斥着这些无意义，充斥着对蒙田*的反驳，也充斥着我对反驳的无意义的迷恋。

四九五

当我看到鱼跃出水面，事实上我首先看到的是它的内容，其次才看到它的表面，最后再看见这两者的同一性。

我们对现象的迷人误会来自对经验的过度顺从。

四九六

我愤怒地撕掉了一本胡塞尔的书。为什么在他眼中跃出河面的鱼，都成了充满各种规定性的死鱼？鱼的跃动成了视觉经验的连续性流动，甚至梵高也失去了他特有的心灵的高温与呓语，而梦境简直要成为我们生活的僵尸般的裁判。

四九七

我十一岁时，母亲为我做了一双"百衲底"的布鞋。锥子、指端的血、昏聩的煤油灯、赤贫的少年、夜半的心跳，全都缝进了这双新鞋。出门时我穿上它，因为有母亲的注视。从家到学校的十多公里砂路上，我脱下鞋赤脚而行。到教室门口时，洗洗脚再穿上它。

无论是作为幻觉还是作为历史，这双鞋都已变成我的僧

---

* 蒙田（一五三三——一五九二），法国作家。著有《随笔集》等。

袍。我从河中跃出时也是双脚在上，赤足而紧裹这件磨破的僧袍。

四九八

我在幻觉中犹如从清水中跃出的鱼，我在历史中犹如从脏水中跃出的鱼。

四九九

父亲逝世前告诉我，一辈子最让他难忘的声音是，有一年无数饿死的人尸体垒积在沟渠边，浮肿胀大像一个个半透明气球，哪怕是一束光线、一粒微沙、一声咳嗽都能刺穿它——尸体破裂时发出细而动听的"砰、砰"声。

春末的荒凉田野塞满了这样的"砰、砰"声。那是一段从未有鱼跃出的死亡河面。

五〇〇

物象既然是谬误的源泉，我为何要向一条鱼求救？

五〇一

餐桌上，让我们觉得饱胀而享受的不是物的菜肴，而是视觉与味觉经验的回忆。酒杯中安放的，几乎是曹操*"对酒当歌，人生几何"和李白"莫使金樽空对月"的喟叹的复合体。他们的眼睛替代了我们的眼睛。他们的歌哭堵住了我们的嘴巴。但我们既不活在他们早已实现的死之中，也几乎不在我们正在活着的活之中。

五〇二

河流在修复被鱼撕开的伤口。自然在修复我们大病的日常生活。

我们这个时代的艺术往往立足于伤口和大病，而非那些修复我们的事物。

五〇三

鱼跃出水，寻找那亘古不变的参照物。

五〇四

曼德尔施塔姆说："牛奶呈现宗教的蓝色。"我曾有句："玄奘是为塔迎来了垂直的那个人。"

曼老头子平视我抡锤。

―――――――

* 曹操（一五五—二二〇），东汉末年政治家、军事家、文学家。建安文学领袖。明人辑有《魏武帝集》。

五〇五

　　王船山有句："哀雁频分弦上怨。"一击贯通了视觉之雁与听觉之弦的隧道。有强大、清朗又低回的距离感，情绪打穿纸面。又句："六经责我开生面。"仅"责"一字，将皓首穷经的决意、屈从之心及与之对抗的气息、担当的愿意如刀镌刻。责之坚混于怨之殇，此船山矛盾之存也。

五〇六

　　在《黑池坝笔记》这本书中，物象无逻辑地律动、感怀无规则地揳入，性灵如撒在枯草丛中的狗屎星星点点冒着热气。敢放胆运行如此，非止于我之所谓新秩序支撑而惶如船山门前之狗觅得一丁点古之游魂者乎？

五〇七

　　沉默是唯一消溶于万物而独令其表面平滑如镜的伟大技艺。

五〇八

　　河面收藏着它自古映入的每一张脸。鱼在破水前秘密进行了无穷的阅读？

五〇九

在读一本有关钢铁的专著时,我兴奋地看见了这个专业的术语:钢铁的疲劳,疲劳曲线,疲劳的硬化与软化,疲劳裂纹,疲劳断口,材料静载断裂强度,塑性和抗疲劳性能的关系,疲劳系数,钢铁中的疲劳试验。

这些词句把看似与诗毫不相干的钢铁,一下子揳入了诗性的核心。诗性的疲劳,把人世间一切冷酷的建筑和废墟上乃至地底下的废铁,全都唤醒了。难道还有什么物质不能在诗性的召唤下醒来?

五一〇

或者换个让语言吃惊的方式,诗人看见鱼从钢铁的疲劳中一跃而出。

五一一

那么,我们的梦境也可以由钢铁筑成么?如果组成两者的材料都可以是:疲劳。

我们的语言能从中捕获到什么?语言唯一可以抵达任何物质都不曾到达的硬度?

五一二

那么,有一条鱼从中跃出的钢铁又是什么?任何被诗性处理过的东西,都拥有前所未有的弹性。它被铁弓一样绷紧又能像一把最柔软的树枝那样弹开。

方以智说:"桶底脱!"

五一三

一条能同时寄身于钢铁之疲劳与河水之清冽的鱼,才是诗歌真正的梦想所在。

五一四

到底是我们借语言在谈论梦境,还是语言从我们身上因梦境而获得另一具肉体?这隐秘的电流,击中的从不是像我们一般被空间所限之物。

五一五

梦是"超我"对我强行介入的一种叙述。当人在臆想时、哀伤时、写作时闯入类似的"超我"状态,我们应该认识到,是语言而非我们的肉体率领我们打破了这种禁忌。

五一六

　　依仗语言机能的自动扩张，写作时而会突破我们的控制能力。这超越的部分越多，越是天才蓬勃的自由之境。但明晰的界线仍令人畏惧，如果它全部超出红线，则将造出一种无法纳回正常轨道的精神病境。

五一七

　　一条鱼向上跃起时，它的意愿是想阐述所有的鱼。

五一八

　　真正创造性与性灵状态，犹如一根脆弱的棉线在吊着一辆七十吨的载重卡车。创造力既不来自棉线也不来自卡车。它源于这种超常的紧张意识反映在旁观者上的语言的绷断感。在此绷断产生庇护的荫蔽与救助的冲动中，才能孕育出最美的语言世界。

五一九

　　当两条同样的鱼同时从黄河和亚马逊河一跃而起，我们看到了这样的惊奇：许多印第安部落陶器上的饕餮纹和云香纹，与商周时代中国钟鼎上的图纹基本一致；墨西哥瓦哈卡地区的印第安人，所用人称代词"我"、"你"、"他"的发音，与古代中国人称代词的发音相似；印第安人也和汉人一样崇尚龙、猪、熊、鱼、鹿、蛇、鹰，他们有共同的图腾崇拜。当这条鱼从黄河中跃起，并通灵般落入亚马逊的湍急水流中……

五二〇

世上每一件东西都和虚无牢牢地焊接在一起。世上唯一可名之为丑的，正是对此论点的怀疑与敌意。

五二一

好诗让读者形成巨大的挫败感而非愉悦。愉悦时而也会发生，但随之而来的是深渊般卷入的疲倦。

五二二

鱼从河中跃出时，乃以一个失败的诗之读者的身份。它焦灼于阅读的创造性凌驾在写作的创造性之上。对于诗而言，诗人首先是它的读者，然后才有渺茫的可能成为它的作者。

五二三

诗源于一种永恒悸动的懵懂。

是的，就是这么个词。

五二四

当对诗歌的评判陷入一种盲目奢谈的冲动时，我们用一句话阻击它即已足够——诗最大的危险不在于读者众寡，而在于即便只剩最后一个读者，它也没有真正地挫败过他。阅读时而是一种焚香与操刀并置的密室政治。

五二五

在一首好诗的内部空间里牺牲掉的东西，略大于它所建设的东西。

五二六

一首诗的力道源于一个在诗中被合力追击的关键词的运动速度。似乎诗比玄豹更明白，自身的生命力维系于速度之中。谢朓看到了这一夺目的喻体，他在《之宣城郡出新林浦向板桥》有句："虽无玄豹姿，终隐南山雾。"

五二七

我在世上从未见过玄豹"这种东西"。这个表述如果放置在"真实"这个词的背景前，它会陷入两难的境地。我们需要从一个词的真实,瞬间移位至一种显性物体的真实,这有多难。我们习惯于从这两者本能的合一中去观察和概述。而真正的美妙在于,一旦撕开它们,诗性就会奔涌而至。

五二八

我知道明晰的形象应尽展其未知。诗之所求,不应是读者的通感,不应是某种认知的再次确定,而正应是未知本身。好诗一定是费解的。它迷人的多义性,部分来自作者的匠心独运,部分来自读者的枉自多解。好的诗人是建构匠师,当你踏入他的屋子,你在那些寻常砖瓦间,会发现无数折叠起来的新空间。当你第二次进入同一首诗,这空间仍是崭新的,仿佛从未有别的阅读打扰过它。

五二九

我们对眼睛曾试图进行这样的反驳——那从河面跃出的只是鱼的碎片,而从不是一条完整意义的鱼。

因为我们自知处理碎片之后,再无能力向真正的完整注目。

五三〇

《拾遗记》* 卷四一载:"有宛渠国之民,乘螺舟而至。舟

---

* 志怪小说集,又名《王子年拾遗记》,作者东晋王嘉。

形似螺，沉行海底，而水不浸入，一名沦波舟。其国人长十丈，编鸟兽之毛以蔽形。始皇与之语及天地初开之时，了如亲睹。"

我常对此样的记述发愣。

我知一秒钟前的事实皆可为史，也皆可成为梦境。

五三一

而《酉阳杂俎》* 载："贞元年中，宣州忽大雷雨，一物堕地，猪首，手足各两指，执一赤蛇啮之。俄顷云暗而失，时皆图而传之。"

昨晚我刚从宣州捕兔归来。一路所见，梦境呈锯齿状，门楣上菩萨剃光头，鬼话苍翠，无常参天。

五三二

苏辙《题李公麟山庄图二十首》有句："佛口如澜翻，初无一正定。"**

我见佛口亦有鱼跃出。

---

* 唐代笔记小说集《酉阳杂俎》，二〇卷，续集一〇卷。撰者段成式（约八〇三—八六三）。
** 苏辙（一〇三九——一一二），北宋文学家。李公麟（一〇四九——一一〇六），北宋画家。

五三三

榆树叶。苦楝树叶。青桐叶。黄栌叶。梧桐叶。皂角树叶。榉树叶。槭树叶。乌桕树叶。心早死了肢体仍在广场跳舞树叶。青檀树叶。檞树叶。椿树叶。红唇女混子扮夜游神树叶。栎树叶。猫尾木叶。黄脉刺桐树叶。土合欢树叶。枫树叶。流苏树叶。槐树叶。寻求一致性并不能摆脱孤独树叶。我树叶。

五三四

散步。抬头忽见弦月。很奇怪的感觉,仿佛此生第一次见它。就这么站了很久。又被风吹醒了。万物已如此完美。这正是我的困境。

五三五

在阳光中能找到的东西,在阴影中同样能找到。在现世丧失的,就必须到语言建筑中来寻找。你不用拿尚未完工的上帝来唬我。

五三六

她来信说,绕湖跑步。湖太小,不开心。

我身上有片茫然大湖。

五三七

至繁的形式中有至简的情感。或至简的形态中有至繁的释义。越对立越明了。对立就是获得。

五三八

我们都曾是"有限的他人"。有时候，我们是加缪与萨特中的一个＊，而不可能是越过了他们的任何第三人。

五三九

孤狗在坝上跑动。如果抽掉这条坝，狗将演化为一小块玄学的团雾。近处，树木在微光中迎来它的七十二变。这正如在人世，一个人分饰多角。我们都是那个在轮下被反复辗压的孩子。一个人要成为他自己，必须捡回他散落在世界各处的碎片。

＊ 加缪（一九一三——一九六〇），法国作家、哲学家。一九五七年获诺贝尔文学奖。著有《鼠疫》、《局外人》等。萨特（一九〇五——一九八〇），法国哲学家、作家。一九六四年获诺贝尔文学奖。著有《存在与虚无》等。

五四〇

　　鱼在它自己的语言系统中。我们描述鱼跃的语言,有多少与它自述这一跃的语言契合?或者说,我们在多少程度上是它?它又有多少的神性契机可以进入我们?多大比例的重合?当万物自语,物向人的呐喊时而声嘶力竭,为何我们的耳朵是关闭着的?为何我们的心是关闭着的?语言几乎是唯一的万物与人相互进入的渠道。

五四一

　　诗之罕境是让所述的万物自己开口说话。让它们的语言系统彻底敞开,并让我们参与那连绵不绝的倾诉,也参与那令人神伤的缄默。

五四二

　　如果我们破除进入物性的语言阻隔,它们将教会我们在雨水中闪烁的能力,教会我们为时光流逝的减速能力,甚至教会我们死而复生的能力。这是一杯真正无可替代的琼浆。

五四三

　　美并不在"我见孤峰",也不在"我见之孤",而在自为清静且不自知的"峰在其孤"。

此境与我,可以两两相托。

五四四

孔子说,诗可以兴,可以观,可以群,可以怨。
所谓兴,孔安国*注:引譬连类;朱子**注:感发志意。
所谓观,郑玄***注:观风俗之盛衰;朱子注:考见得失。
所谓群,孔安国注:群居相切磋;朱子注:和而不流。
所谓怨,孔安国注:怨刺上政;朱子注:怨而不怒。
诗之境,朱子之境,非其他人所可强拟。

五四五

鱼从河中跃出,我从鱼的物象中跃出,句子从我之上跃出,鱼之虚像从句中跃出,鱼的虚像与鱼之肉身将訇然重合。这是一个封闭的、实与虚首尾相衔的循环。《易》之所谓:生生不息。

五四六

鱼知道自己将成为虚像而遁入人类的语言,但并不觉得

---

* 孔安国,生卒年不详,西汉经学家。
** 朱子(一一三〇——一二〇〇),即朱熹,南宋徽州婺源(今属江西)人,理学家。
*** 郑玄(一二七—二〇〇),东汉经学家。

自己的肉体是多余的。它湿湿的尾巴仍在道器不二中悠闲地摆动。

五四七

是什么掏空了这条鱼？是什么将在瞬间被载入它的躯壳？
语言一旦抓住最适当的对象便会于刹那间在其中洞击出新空间，并完成它恢宏的迷宫。

五四八

烧饼要好吃，须从有意义的这一面，直击烤透至无意义的另一面。还须双向地轮回几遍。从好腔调，烤至野狐禅。从味道第一，烤到只余一味，直至烤至全不知味。
没吃过此烧饼者不足以论诗性。

五四九

父亲离世之前，反复向我讲述一个梦境。他在山中跌断双腿，被一只玄豹所救。玄豹用自己的腿嫁接在父亲腿上。后来的许多个黄昏，这两条腿常拽着父亲衰老的病体狂奔到山下，对着山林长嚎不已。不再有人听得懂他嚎叫时的奇异语言。夜间，我也时常看到父亲双手撑地，从窗口铁栅中呆望着月亮。我也不断地梦见玄豹入怀，紧紧咬住我的耳朵低语。不足一月，他溘然逝去。

几年后我才明白那或非梦境，是他与大自然及万物交流的肇始。他显然是为死亡做了惊心动魄的演练。

五五〇

我现在看到任何一只豹子，都觉得它一定和我父亲交换过某种秘密。我会在它面前长久地垂首。

五五一

世上每一只玄豹，都是扒开我的胸膛走进这个世界的。我或许只是它的一个幻想凝聚而成。我是它的修辞。

荷尔德林所谓"诗意地栖居"，所指无非是让你别紧闭肉身，让万物像掀帘入室一样自由出入你，让你的身躯成为时展时收的丘壑。

五五二

当鱼落回水，玄豹返身入林；当陶渊明在南山下扫眉归去；当它们离开我的笔下，就不再是一个个符码。

它们携着一部分的我，正去向不知名处神游。

五五三

天凉了。同一面孔的人太多了。

我想买件隐形衣。

五五四

废园里,我分不清柏和桧。草木初凋,犹似说"不"。此刻我知道在某个遥远的密室,有人正捉笔,想起牡丹又画下牡丹。桧和柏,在意识的一念中长青。被虚构的牡丹覆盖着可触摸的牡丹。何处有"人生的真实"?公园门口,卖虫蛀白菜的小贩,也似被人狠狠一笔地画在那里。

五五五

任何一粒微尘中都足以住下人类所有的思想者。任何一粒微尘也有无与伦比的语言学殿堂与江湖。我毕一生之力,也不能穷尽任何一个如鱼跃出水面的瞬间之象。

阐释不能,描绘也不能。

五五六

在风习与传说中,鱼跃出水面后,直接化身为小翠或莺莺,去奈何桥畔拯救那落魄书生。它溅起的每一个泡沫中,都潜存着无尽的戏剧性空间。康熙年间,写罢《长生殿》的洪昇*晚年落水而死,像一条鱼回到水底。他写道:"荣枯寂

---

* 洪昇(一六四五——一七〇四),清代戏曲家、诗人。著有《长生殿》等。

物理，寒燠验人情"，"宿鹭连拳鱼泼剌，败芦深处一灯孤"。

而王尔德*则宣称形式乃一切生命的奥秘，以崇拜形式为起点，戏剧性的深层秘密会向你洞开。但任何一条鱼说得都远比他们更精彩。

五五七

当我们看到鱼从河中跃出，不妨认为现象的本质是：整条河流从一条孤立的小鱼身上一跃而起，茫然远去。

任何庸常事件背后都有一个反向的、诗性的空间，为我们空室以待。

五五八

天气清新得像一场大病初愈。

五五九

遗忘是世间唯一大赦的玫瑰。

五六〇

什么是宁静？那年在山中，老佛加老莲，乱火一锅炖。

---

* 王尔德（一八五四—一九〇〇），英国作家。著有《道林·格雷的画像》等。

小溪扯着疼,有答无人问。一筐子菩提狗粪。野狐味涂了个白花花的满脸。

跑,你像一棵野兰花无声地跑在惊立而起的陡坡上。

五六一

写作的语言学行动最终结果只有一个,就是重新发现并爱上这个世界的神秘性。换个说法,我们唯一无法解构的也是这个世界的神秘性。一些人告诉我:读不懂你的诗。读不懂是空白的懂,或是懂在其自身的空白中。双向的空白状态重塑了作者。这既是写与读的一种意义,也是语言作为"存在之家"之神秘性的一部分。

五六二

对鱼来说,河流中有真埋被消耗过度的虚无。

五六三

我们立于语言的深渊之上却自觉得从未掉下去,是因为根源性迷失和具体经验的坏死已让我们的存在太轻。唯有忘掉这一切回到原本的水下,才能换来一次舍弃中含有新生的跃起。

五六四

　　对诗歌而言，语言的进境远非修辞学的快刀斩哑谜、猛火煮新词，更不是字词组成中迷魂阵般地兜圈子。建立在格物穷形、透知见理之上的语言新变境，才是一条坦途。

五六五

　　写一首诗的犯险，正如一条鱼从河中焦躁地跃起却落不下来。
　　它诡异地僵在那里，是一个符号却远非一首诗。

五六六

　　孤独几乎与单一、匮乏、颓废无关。
　　它恰恰是由无限溢出、对颓废的反讽构成。

五六七

　　诗歌掩藏着一个巨大的秘密，即它会迅疾勾勒出写作者的内在形象贡献给那些敏锐的读者。尤其是那些自鸣轻纵的、缺少某种应有的与诗歌的语言学行动匹配的畏惧之心的诗人，怎么写都无法蔽去其可恶的形象。这并非执着于人的鉴别，而实为对诗的一种基础性认知。

五六八

村东头有个七十多岁的哑巴老头,四处偷盗,然后去城里声色犬马。一天清晨,有个僧人跪在他的门口。头上全是露水。

他说:"你为什么拆掉我的庙呢?我乞讨了四十一年,才建起它。我从饿虎,变成榆树,再变成人,才建起了它。为了节省一口饭的钱,我的胃里塞了几条河的沙子。现在,你杀掉我吧。"

哑巴老头看也没看他一眼,又去城里寻欢作乐了。他再也不愿回到村里。今天他老病交加,奄奄一息睡在街头。僧人仍跪在空房子前,几个月了。乡亲们东一口、西一口地救活着他。

"他们两个都快死了。"一个老亲戚在我的书房痛哭流涕。是啊,可我早已失去救人、埋人的力气。我活着却早已不会加固自己。我糊里糊涂的脸上在剥漆。

五六九

两岸啊两岸,只是一条鱼梦中最脆弱的装饰。

五七〇

诗歌对良知的参与,并非把其强置为写作的前提。而是它对个体的锤炼、对戾气的淬火、对风习的归正、对社会的导浚，无一不最终结纳为良知之荫下。浮躁地认定剔去道德负担的诗歌写作比"诗教化"的观点更高级，无疑是可笑的。

五七一

我们剥开丛林，发现玄豹。但我们不能认为丛林创造了玄豹。

这个譬喻对诗人可谓是一记重击。虽说一首诗并不能完全被认定为隶属于你的创造物，但请想一想：神奇的上帝之手为何要选择剥开你？

五七二

我们将雕琢出一种足以俯瞰我们的东西：这就是诗的写作。而我们埋在一首诗之外的东西，也会被后世的读者挖掘出来。甚至，我们不曾埋过的东西，也将被挖出，并以诗的名义强加在我们头上，连死亡也难以为我们朗声一辩。

五七三

当我因匮乏灵感的线索而恐惧时，总有一条鱼从河中跃起。

这感应来自哪里？又源于何时？我们每次向大自然呼救的必然后果是：有更深的呼救声从内心升起。

五七四

我未触碰到我的这颗心之时,它是否正在某条神异的河流中游动?它摆动着哀伤而微亮的鳞与鳍,是否也曾惊恐于与我的长别离?

五七五

为何非偏执于我的心就在我的体内?或者像王阳明那么固执于我的身体和万物,都装在这颗心里。当两者不能合一,它妙不可言的缝隙正是我们存在与玄思的空间。
当我们从这既不实有也不虚无的缝隙中跃出……

五七六

泪水和童年,是语言中的两座伪天堂。

五七七

二〇〇七年十月在安徽黟县,与英国诗人帕斯卡尔·葩蒂、尼日利亚诗人奥迪亚·奥菲曼讨论东西方文化差异时,我谈到东方诗歌尤其是汉诗、日本俳句的"气息"问题。
开始,他们觉得很玄。我说,噢,这从一个东方人的角度,可一点儿也不费解。《说文序》中讲,"文者,物象之本"。

就是说在物象包括语言符码的背后,有一个被视为"本"的东西。从诗歌写作上分析,不妨把这个东西叫作气息:让字词在排列与构造中得到——呼吸——的那种东西。气息有时是纯技术性的,创造性的语言组成方式,修辞本身的陌生感,是一种气息。维特根斯坦晚年不是把写作看成语言的纯游戏行为吗,游戏之玩法的新颖性及其给读者的错愕感,说的就是这个。

当代汉诗在这方面的尝试可谓多矣,解构或消解词语本有之义,派生出新的感受。但这里面有个危险,即这类写作技法很快会被重复与超越,新游戏成为旧游戏,短时间内就会让人生厌。气息也可以是一种情感,这是一种相对古典的认识。当你读一首诗时有所触动,它把你内心的某种东西唤醒了,这种唤醒能力也是一种气息。刚才念的我的短诗《前世》,算是这个范畴。当然,气息也可以是一种观念。总之是让你感觉到这首诗是"活着"的,是与你在互动的,这种"活着"本身所赋予你的一切——这需要作者与读者有效的共同作用——就是气息。不是鼻子、眼睛、嘴巴的简单拼凑与叠加,而是它们之间的匀称与愉悦。有些时候,这种气息甚至不在物象的背后,而是物象本身——视觉上的、声音上的、节奏上的——给人带来的纯粹形式的快慰,也是一种气息。中国人讲究"器"与"用"的关系,不妨把"用"看成一种运动、一种活力,语言之器在"用"之中,衍生出气息。

语境批评的倡导者穆瑞·克雷杰曾有一个观点:语境是诗歌的一个基本策略。而在我看来,语境这个词完全可以被气息这个东方人更易于感受的词所覆盖。这是用非常浅显的方式涉及我所讲的本土文化基因问题。我们讲一种语言的当代性，事实上必须设立一个前提，那就是我们真正懂得了它的本土性。它其实也是另一个问题"我为什么要这样写"的变种。

有人说，中国诗歌尤其是古汉诗，缺少某种现场性，看不到个体生命的"在场"。我说这不过是一种肤浅认识。当陶渊明说"飞鸟相与还"时，这里面就有很深的个人寄托在内。中国封建时代的许多诗人，因为写作环境的多变，甚至还面临着"文字狱"一类的横祸，所以写诗往往体现出"借物在场"的特点。西方的读者看《诗经》或《离骚》，可能被一大堆理也理不清的植物、地名绕得头晕眼花，而失去继续追索的兴趣。我碰到不少西方的朋友，都有这方面的困惑。这种"隐性在场"的个人的气息，是埋藏得很深的。物象对人心的传导性，被发挥得淋漓尽致。当然，这个"在场"的概念有它的复杂性，在他们的笔下，重生存状态而轻视生活的具体状态，是东方诗人的一贯选择，把握不好会给人造成"不真实"的阅读感受。这也是必须让当代诗歌写作者警醒的东西。

我也写过一首短诗叫《丹青见》，从起句到尾句，都是物象的堆积。但这种堆积本身，就是为了展现人的内心的秩序。而且，这种秩序在行进过程中是加速的。撇开技艺上的尺度不谈，许多有本土文化基因的东方诗人，似乎都不偏爱如"我从载重卡车的倾覆中抓住一只飞逝的橙子"一类的显性的我的"在场"，它有悖于东方审美中隐忍的特点。所以我一直说，一个好的东方诗人，他的诗中永远有两个空间，在他的公共性空间之下潜存着一个非常强烈的个人空间。公共空间被他们用以教化、述史、抒怀,而个人空间才是真正的阅读焦点所在。作者的个人空间隐忍在公共空间之下。读许多东方诗人的作品,确实要费些思量,但也会获得更多的深层滋味,让阅读者得到更深一层的满足。照我看,罗伯特·勃莱[*]正是受益于东方的"深度意象"手法而成功的西方范例。奥迪亚·奥菲曼问我:这岂不是在苛求读者而缩小了读者的范围?我说:是。但,难道有一种方法可以把诗的阅读扩展到只要认识文字就能懂得的地步?我推测一些所谓"口语诗歌"在做这方面的努力——通过生活的具状而不是通过意象来展示生存状态。这种方式,相对中国自古的"文人诗歌",它赢得了更多的理解。但也难免存在泥沙俱下的现象,那中间的多数作品因为——预设了明确的读者对象,事实上也是写作对阅读的屈服、让步——其写作在艺术上往往是无效的。

从我个人的角度看,中国诗歌的本土特质中,确实有许多方面需要捣毁。就整体特征而言,古汉诗是"重视形体的,音律的;重视隐喻和寓言的;以意象诠注生存状态的;重视生存状态而轻视生活状态的;重胸怀而轻反省的;个体生命隐性在场的;对自然与人世持适应性立场的;依存闲适性而轻视批判性立场的;重视修辞的"。

这个概括,许多人不一定接受,只能说是我个人能够体会到的本土基因。这里面的许多东西早已失去了传继的现实基础,所以我说要捣毁。比如,轻视对个体生存的反省,是一种最要命的弱处。你看古诗中传递出来的诗人形象,一个

---

[*] 罗伯特·勃莱(一九二六—),美国散文家、翻译家。著有《雪地里的宁静》、《身体周围的光》等。

个天下皆醉我独醒的"清醒者"的模样,一个个出世者的模样,他们拔剑高歌的样子遮蔽了他们提个菜篮子吃油条时苦闷的样子。有时候我厌恶这类形象。难道他们真的没有了具体的矛盾和茫然?没有市井间的焦灼与变态?对这些东西的追问与自省在哪里?如果逆推过去,我们可能从他们的诗中"回不到"他们那个世纪的真实性——生活的真实性与内心拷问的真实性。我有时在想,那些诗人对生活状态的高度适应性,是否跟东汉后普遍的佛教传播有关?甚至连《道德经》那样停留在终极问题上的追问,也不再有了。还有一个,就是过度的匠气与书斋味道,那种"两句三年得,一吟双泪流"的偏执狂者的诗人形象,失去了烟火味与血性的文字雕琢,我个人是很不喜欢的。

当然,如前所述的"深度意象",高度的形式感及与自然物象的共存性,发达到叫当代西方诗人惊异的修辞技艺、节制的表达方式等等,这些本土基因也应得到更进一步的传习。岂止是当代汉语诗人的传习与感悟?加里·斯奈德[*],甚至博尔赫斯从这里得到的教诲还少吗?汉诗现代性是个大而无当的话题,我在这里不做系统的理论思考。但可以肯定的是,必须从理清了本土文化基因,而后在具体的个人写作中捣毁部分本土基因上起步。

在汉文化的本土基因里,还有一个很独特、值得一提的就是它的时空概念。这不同于他们那边的埃舍尔、米罗[**]、毕

---

[*] 加里·斯奈德(一九三〇—),美国散文家、翻译家,"垮掉派"代表诗人。著有《龟岛》、《砌石与寒山诗》等。
[**] 米罗(一八九三——一九八三),西班牙画家。代表作品有《蒙特洛伊的乡下风景》等。

加索那种强力扭曲变形的时空感。东方诗歌、戏剧、绘画甚至古曲,在许多地方表现出一种共时性。在那里,"此刻"这个词,既是即时的,也是历史的。"这个人"既是现世的,也是前世的。以张若虚*的《春江花月夜》为范本,这样的时空的交叉与共振体现了东方诗歌一种特有的美学。受这方面的启发,我也做过一些写作上的尝试。在《白头与过往》这首长诗中,我企图将多个维度的时间与空间凝聚于一体,用极为具体的细节陈述来加强时空的幻化。

在我看来,这只能是一个东方诗人的做法。在东方的伦理学与美学观念中,"个体"之中仿佛永远坐落着一个"集体"之中:一个人身上的血缘、身世与循环不息的感怀。而且,他会在许多你意想不到的地方、角度来表达这种理念。我在《从达摩到慧能的逻辑学研究》一诗中写道:"为了破壁他生得丑/为了破壁他种下了/两畦青菜。"这样的写法,得益于禅宗的一些思路。他会在另一个不相干的空间,用不相干的方式来完成他的目的,这就是东方式的曲折和美学。

而且在这里,在许多真正的东方诗人那里,所有空间的安置、物象的选择,无一不是意味深长的。"一根竹子",被画到纸上,被写到诗中,不再是一种物象,可能还包含着谤佛讥僧的许多想法。这种方法来自一种古老文化的思维定势,可能许多人会觉得很无聊、很腐朽,但同样也会有许多人喜欢这种寓言式表达。

在我看来,一个西方诗人可能不会如此苦心经营这样寻

---

* 张若虚,生卒年不详,初唐诗人。

常的一个物象。通过特异的时间安排、物象构造，诗人的个人信息从中奔涌了出来。刘勰不是说屈原*有"诡异之辞"、"谲怪之谈"、"狷狭之志"、"荒淫之意"吗？辞与谈，那是表层的构成。志和意，才是真正要体现的东西，也正是靠着它们才完全撑开了诗意的空间。屈原、王维**、王翚、马远这些人，从技艺上都是空间安排的大师。这，是否有助于消解当代汉诗写作中那种因尽力于生活的具状描述而导致的平面感、狭隘感呢？

从文化现象的表层考究，当下中国的诗人群体整体上有浮躁之嫌。一方面，那些对汉诗传统持极端否定立场的人，事实上，其中的多数人压根不去研考什么是汉诗的本土基因。网络时代的即生即灭的即性写作样式，庇护了他们"以不懂而快速新生"的状态。他们举着反对的旗号却不深究要反对的是什么。这种过度感性的革命方式，在中国文学史上似乎出现过多次了。从方法的角度观察，许多诗人用的即便不是东方人自己的旧东西，也难免不是西方诗歌经验中的旧东西。所以他们的新生状态，是可疑的，也是不可能持久的。我这样说，类似于一种诅咒了。另一方面，是对传统的非常浅薄的表层复制，这就更不可取了。简单地大喊所谓的王道思想回归、儒家体统回归并如丧考妣似的哭泣，是对"传承"二字的极大羞辱。"周虽旧邦，其命惟新"，这里我也不想深谈。总之，对汉语持有自觉性、严谨态度、自省态度的诗人太少

---

* 刘勰（约四六五—约五三二），南朝梁文学理论家、批评家。著有《文心雕龙》。屈原（约前三四〇—前二七八），战国时期楚国人。著有《离骚》、《九歌》等。

** 王维（约七〇一—七六一），唐代诗人、画家。其弟王缙编有《王右丞集》。

了。而且，不同写作取向的诗歌群落之间，缺少有效的对话，更多的时候，形成一种相互攻击的关系，在诗坛造成一种浮泛的热闹，是一个很不好的现象，至少我本人深恶痛绝。

当然，从具体的诗人角度来谈，没有一种写作，需要承担起"非个人的使命"。但当代诗人集体，对汉语现代性的建设，实实在在是太重要了。古汉语向现代汉语的过渡不足百年，又是一种缺陷性过渡。激烈的白话文变革是由少数几个大师主导着完成的，后来又很快被铁板一块的政治话语笼罩着，使它在语言疆域上的可能性，呈现一种紧缩的状态。以语言拓展为使命的诗歌写作，理所当然地就被赋予了一个重要使命。有一些学者认为，当代汉语的范式受翻译体"语言变体"和未经筛选的方言表达形式的侵袭比较厉害。恰恰在这时，曾被维特根斯坦否认的"私人语言"，确应受到更多的重视。洪堡*的个体主观主义语言学有一个观点，我觉得很重要。他认为"语言的基础是个体的创造性言语行为。语言的根源是个体的心灵"，而"解释语言现象，也就是把语言现象当成是有意义的个体创造行为来看待"。当代汉语诗人无疑是首当其冲的私人语言实践者。

奥迪亚·奥菲曼告诉我，在他的国家里，同样存在这一问题。我在想，他们那边，可能是另一种类型。不同于现代汉语从原母体的蜕变时间过于短促，同时，在这太短的时空之中，受集体话语权力操控又太长。他们那边，是受另一种外来语言的奴役问题。如果让我发言，我要说，从"本土基

---

* 洪堡（一七六七——一八三五），德国语言学家、政治家。曾创立柏林大学，被认为是普通语言学的奠基者。

因"的取舍上出发的，立足于私人语言经验之上的当代汉诗实践，对这个民族的语言发展是多么有意义啊！相对其他文体的贡献，它的重要性无疑将更进一步地显示出来。

五七八

有过度精神洁癖的人终将无法继承这个世界。他们举着红筷子，在时代的宴席上踌躇不定。他们总是在挨饿。是的，需要一个吞下所有垃圾、吸尽所有坏空气，而后能榨之、取之、立之的好胃口。这几乎是升华的不二之路。

五七九

风扑击窗玻璃的声音，像一个苦闷的人在隔壁以头撞墙。风拂过室内植物的窸窣，像一个年老的瞎子黑暗中为他的女人宽衣解带，像一条鱼从河中跃起时，它眼中古老的告别。

五八〇

此地榆叶正黄。而她在别处老了。

"在别处"。我们挨饿的想象力和日渐匮乏的愿望，都需这三个字来填充。我们死了一半的身体，再也不能与我一问一答的四壁，都需这三个字来复活。

五八一

　　诗有非常敏感的躯体。有的地方，该放置一个像断头铡一样的句号。如果放了逗号，某种神秘气息就一下子泄掉了。故非敏感者不可尽得诗之五味。

五八二

　　现世的一切已均难辨认
　　浮云肮脏，村庄浸在丢了魂的
　　灰暗之中
　　柏油路上车来车往，车内端坐着
　　早就崩溃掉的人
　　早就记不住往世的人
　　你会像我一样重归此地么
　　愿我们互施一礼，再一次
　　汝断我喉，我啖汝血
　　玻璃中映着我迅速的脸
　　一边忍耐一边放弃的脸
　　夕光斜射在"灵璧县虞姬乡人民政府"和
　　"虞姬乡拉魂腔剧社"的白色牌匾之上

五八三

　　鱼提着灯笼跃出水面，是我的手从它腹中猛地伸出，在刹那造出灯笼并照着它舍身的一跃。在《黑池坝笔记》写成之前，鱼并不知道自己活在水下。
　　这是语言在虚构中的胜利。

五八四

　　把麻雀炸成碎片后，会不会出现狮子的成分？再把碎片炸成更微小的碎片呢？语言学的鲜美果实常常结在这些貌似荒诞不经的枝上。

五八五

　　当然，麻雀可以是形而上学中的巨人，不管你把它炸裂成怎么微末的碎片。它在最小的碎片中都藏进了时间的摩天轮。它的这种结构是逆反物性而无限契合诗性的结构。只有活在这样的结构中，诗人才有真正的自由。

五八六

　　正因为生有羞愧之心，人才与万物割裂开来。即使他物亦有羞愧，人也因自身的羞愧动能如此之强甚至能在瞬间篡改心理结构而在与他物的混战中维持着独立性。羞愧,并非心理性特征而是语言学特征。

五八七

对鱼来说,麻雀可能是其心理结构中的穹顶。

五八八

发生"文革"这种亘古荒诞剧,根源在于一个种族心理结构中羞愧与知耻之心的垮塌。这两种汉文化的脊柱不仅垮塌,有时甚至体现为一种对耻辱的对抗,而非被冰冷的泪水激醒。

五八九

诗性有赖于面具的溶解。正是这个道理,我所叙述的鱼能从水中,也能从废墟中、钢铁中、旧纸中跃出。麻雀能从电流中、砖块中、琥珀中振翅飞起。符号的互相拆解和无限化用,来自诗人的本能,但倘若没有一颗足够强大的心脏,语言就像一块坚实面具在阻碍着自由面目的涌现。

五九〇

没有肉身向内的知耻,哪有语言自足的尊严?

五九一

执见是将鱼推向空无中的波澜。

五九二

鱼之一跃雀之奋翅,都是醒来。我们在语言之梦的边沿攀援而行,不过是寻求一点可以透光的缝隙,在那可怖的经验中喘息。

五九三

你双手举托茫茫大海,我双手高擎一枚微不足道的镍币。我们久久对峙,等着鱼完成从大海中向镍币中的一跃。

哪一种是它追逐的自由?在庞大的变量中还是最小值的定量中?

五九四

某日恍惚间,脑中突见一盒巨大白色棉签。两日后患小耳疾,频用棉签。

幻觉对生活总是有种莫名其妙的导引。

五九五

无端想起禅宗三祖僧璨[*]。隋时,后为四祖、当年仅十四岁的道信前来拜师,泪下,说:"愿和尚慈悲,乞与解脱法门。"僧璨说:"谁缚汝?"道信答:"无人缚。"僧璨说:"何更解脱乎?"于是道信大悟。

偈语有言:"将头临白刃,犹似斩春风。"何等人哉!我数访潜山三祖寺,每至,都不忍离开。寂静山道旁,仿佛每一朵小油菜花中都有一鼎沸腾的油锅。

---

[*] 僧璨(?—六〇六),隋代僧人,楞伽师,禅宗三祖。唐玄宗赐谥"鉴智禅师"。

辑三
五九六—九三九

五九六

一只白鹭飞过,像一根意志力的纯白长针。它想把在时间、空间中已被割裂得支离破碎的事物缝合起来:曾是《诗经·周颂》中"振鹭于飞,于彼西雍。我客戾止,亦有斯容。在彼无恶,在此无斁。庶几夙夜,以永终誉"的那只白鹭,也是李端*诗中"犹有幽人兴,相逢到碧霄"的那只白鹭,直至是我短诗《晚安,菊花》中那只"在湖心烧掉的白鹭"。

除了诗歌,几乎没有第二渠道能够如此有力地集纳汉文化断代中,以及此星球各处汉人共有的乡愁。

五九七

本质的诗史从不是诗歌事件或创作者的编年史,而是他们笔下那些神灵诞生、演化和灭失的历史。

时至今日,在连续瓦解了造物主和人本身后,诗史中的手术刀已将日常生存镜像的碎片、物象乃至一团垃圾都剥开并将其中的神性唤醒了。诗史是语言之力将神性由霄入泥,再注溶于万物的历史。

---

* 李端,生卒年不详,赵州(今河北赵县)人,唐代诗人。

五九八

方以智说:"天地伤心久托孤。"此一句将人的经验与情绪弥漫至每一物之上,又造就一种泰岳悬于一线、大化沦于一叶的幻灭意识和崩断感。

是谁在托?又是谁受托?此句又有人神两立之境。

五九九

我们都在为某一日心脏停止跳动之后的生活而写作。像鱼跃出旧时河面,需要一个全新的容器。仅仅是,找到一个嘴唇可以重新颤抖之地,一个可以再度立于檐下看雨之地。容器之间的贯通,两种语境的接续。

通灵,不唯是生命体的基本愿望,也是对诗歌的一种基础性认知。

六〇〇

有时存在一种单纯的结构性诗意。比如这段:"故岁在金,穰;水,毁;木,饥;火,旱。"《史记·货殖列传》中随手所摘的一段。

又如一名:猫眼在古汉语中有个诡异的名字叫"狮负"。

不去解它,不去拆它。仅字形上、声调上、排列构成的视觉上,即有一种充足诗性的、强力而清晰的仪式感。

六〇一

北宋邵雍*《伊川击壤集·窥开吟》有句:"物理窥开后,人情照破时。能将函谷塞,只用一丸泥。"

要堵住意义的无限通道和意识的非连续性漫散空间,只需用人人皆可体验到的一个小泥丸,就可以了。诗歌之创作,无非是反向的,用语言迅疾溶化掉这个作为物象之代表的一丸泥。而物理、人情二处,正是胡塞尔扯不尽的现象学。

六〇二

苹果中坐着未熟的牛顿,远在苹果砸中他的头顶之前。

正如布罗茨基**所言,黑马将在我们中间寻找骑手。历史与个人的某种神奇对称,会在这个人的生涯中进行长期不为人知的累积与发酵。某种貌似灵光一闪的瞬间,两个符号的突然契合,背后其实拖着比彗星更漫长的影子。

无须质询,也永难再造。邵雍又有句:"万物备吾身,身贫道未贫。"

---

* 邵雍(一〇一一—一〇七七),北宋哲学家、易学家。著有《观物篇》、《先天图》、《伊川击壤集》等。
** 布罗茨基(一九四〇—一九九六),俄裔美籍诗人。一九八七年获诺贝尔文学奖。著有诗集《诗选》、《言论之一部分》、《二十世纪史》、《致乌拉尼亚》,以及散文集《小于一》等。

六〇三

一个诗人对真理过度追从,部分源于他对语言的无能。在尽览语言的各种深层之妙后,诗会远离真理与谬误在分界线上的剧烈争吵。诗会远离所有清晰的界线,而只偏爱某种混沌的、令人迷醉却往往在社会规则上失准的气息。甚至谬误,时而在诗人笔下,亦让人饮之如甘泉。悖谬之途的景物同样令人沉迷,虽然它与真理一样无力绑架诗歌。谬误时而也与人的同情心聚变为某种道义之力。

我宁可认为存在着一个道义与诗的结合体,而不存在一个真理与诗的结合体。

六〇四

再单纯的事物上也都悬着一把语言之锁,如果我们依赖阐释而非深深地感受——我们将亲手把自己永远锁在它的外面。

仅被阐释的鱼无力从我的河中跃起。

六〇五

是我在河中跃起,是鱼在岸上观望。

没有一种真正的感受力是单向的,也没有一种存在是不可以被"我"这个字架空的。

六〇六

汉语将它的每个词都置于这样一种浓荫之下：

这浓荫不仅是字形的，也不只是意义的。是那些曾经的使用者在它上面留下的深镌凿痕，让每个词中都有着"叶隐花啸六根事，灯前山鬼泪纵横"的幽深。

六〇七

鱼与河水的合谋，在历代都有可琢可磨的逸事。

《酉阳杂俎》有两个小故事，其一："上尝观渔于西宫，见鱼跃焉。问其故，渔者曰：'此当乳也。'于是中网而止。"

其二："肃宗将至灵武一驿，黄昏，有妇人长大，携双鲤咤于营门曰：'皇帝何在？'众谓风狂，遽白上潜视举止。妇人言已，止大树下。军人有逼视，见其臂上有鳞。俄天黑，失所在。及上即位，归京阙，虢州刺史王奇光奏女娲坟云：'天宝十三载，大雨，晦冥忽沉。今月一日夜，河上有人觉风雷声，晓见其坟涌出，上生双柳树，高丈余，下有巨石。'兼画图进。上初克复，使祝史就其所祭之。至是而见，众疑向妇人其神也。"

那个世代，人对出没于普通生命体的神灵与性灵，仍存敬畏与体恤之心。而这一切到了如今都已沉没于语言的幻景之中。

六〇八

　　鱼之跃出，我们看到的是一条鱼的虚像还是它的实体？是它主动性的一种投射还是它在水下被逼迫的一次逃逸？是拔萃于同类还是作为一个被悬置的异端？是受到一种命令还是源于人世的一次请求？

六〇九

　　专制制度爱它的语言恶习，就像女人爱她的假睫毛。普罗大众对专制气息的语体与语言之爱，源于他们对权力的恐惧和对自身的不信任。所以，一个社会的败坏一般自文风肇始。

六一〇

　　只有离枝的鸟儿，还记得枝头那微弱又微妙的弹性。
　　唯其微弱，我们才去写作。唯其微妙，我们的语言才有可无限延展的弹性、可随意移位的充足空间。
　　从近百余年的汉语言史角度，我记得白话文出现之前的那美妙的旧枝。我已飞离，但我的脚仍一刻不停地恢复着那弹性。

六一一

　　我的心脏长得像松、竹、梅。
　　这既是一种遗传，也是一种迷失。

六一二

　　宋人造瓷，追求"步步寒花结，言言彻底清"的澄明之味。汝、龙泉、湖田诸窑，都施单一色釉，型制简约守拙，内敛仁静，精神上是汉文化中明儒实道的一脉。元、清两次异族文化侵入后，单纯趋繁缛，弃拙而逐巧，讲究装饰性，汉气大体已毁，虽后来多次摹宋，却像一个久病的人想要禅定却止不住地喘着粗气，汗下如雨，终不能复其真味。

六一三

　　当鱼儿一跃而起并致灵魂出窍的一瞬，它忽然明白有一种语言的伟力叫作"钝"。

六一四

　　倘自是茶，所求者无非一杯沸水。倘自为沸水，所求者无非茶之深味。日常际遇，如有非常，都不过是魔、佛二性如茶与水在杯中的交织。魔性与佛性如不是时时交织，我们的生活便会失真。日日所见、所遇、所感、所思之种种，其至妙不足与外人道，其言存难尽于百一。如鱼出水，此水亦为沸水。唯寄此喻，是为缓饮。杯中不尽，此心伏虎，此喻长存。

六一五

鱼不停地跃出水面，是在等待一句伟大的提问。

六一六

"谷物运往远方，养活一些人。谷物中的战栗，养活另一些人"。
诗人正是被谷物中的战栗养活的那些人。

六一七

我残缺而知足。或者说，因知足而残缺。
这一点足以抵偿我所有的支出。

六一八

对诗来说，言说的方式等于或大于言说的内在。我们也不妨说，言说的方式是诗歌的基本伦理之一。

六一九

对诗歌而言，存在四个层面的现实。一是感觉层面的现象界，即人的所见、所闻、所嗅、所触等五官知觉的综合体。二是被批判、再选择的现实，被诗人之手拎着从世相中截取的现实层面，即"各眼见各花"的现实。三是现实之中的"超现实"。中国本土文化，其实是一种包含着浓重超现实体的文化，其意味并不比拉美地区淡薄，这一点被忽略了，或者说被挖掘得不够深入。每个现存的物象中，都包含着魔幻的部分、"逝去的部分"。如"梁祝"活在我们捕捉的蝶翅上，诸神之迹及种种变异的物象符号，仍存留于我们当下的生活中。四是语言的现实。从古汉语向白话文的、由少数文化精英主导的缺陷性过渡，在百年内又屡受其他话语范式的凌迫，迫使诗人必须面对如何恢复与拓展语言的表现力与形成不可复制的个体语言特性这个问题，这才是每个诗人面临的最大现实。

如果不对"现实"二字进行剥皮式的介入，当代汉诗之新境难免沦入空泛。

六二〇

当一条鱼跃出水面，上述四个层面的现实在它之上穿梭交织。

六二一

　　坐在阳台上。从湖滨来的小虫子飞旋。它们或许看见了我，只是无力用我能听懂的语言说出。或许它们在说，只是尚未清晰。

　　我垂视不知名的虫子，正如"无上者"在垂视我。存在的神秘性不在于有"无上者"，不在于我们创造了它，将恐惧、敬畏、怀疑、热爱加诸它；而在于我们朝向它的话语永是单向的，我的描绘也永是单向的，这才是真的悲剧。

六二二

　　每一种古老文明都有自己的密码。中午，一朋友来访，相谈甚欢。吃完一碗卤蛋面条后，湖边漫步。水面上，柳条抱着倒置的古塔。风来，柳丝拂动，而塔影不动。遂指水面说：这就是我们的密码。

六二三

　　所谓孤独，是指你与这个世界患的不是同一种病。

六二四

　　鲍照说："凿井北陵隈，百丈不及泉。"

我曾有句："须杀人以谢大雪的孤独。"

六二五

人不应被任何观点、情绪、概念、信仰体系、教条所奴役。人也不应当被观念中的正确部分所奴役。人不应被他所处的群体和群体主流言说模式奴役。人也不应被自己的语言创造物奴役。

六二六

良知之生长不自知。
眼泪无辜如同古来的泉水。

六二七

石粟，变叶木，蜂腰榕
石山巴豆，麒麟冠，猫眼草，泽漆
甘遂，续随子，高山积雪，铁海棠
千根草，红背桂花，鸡尾木，多裂麻疯树
红雀珊瑚，乌桕，油桐，火殃勒
芫花，结香，狼毒，了哥王，土沉香
细轴芫，苏木，红芽大戟，猪殃殃
黄毛豆付柴，假连翘，射干，鸢尾
银粉背蕨，黄花铁线莲，金果榄，曼陀罗

三梭，红凤仙花，剪刀股，坚荚树

阔叶猕猴桃，海南蒌，苦杏仁，怀牛膝。

四十四种有毒植物

我——爱过它们

六二八

我们艰难地活在各种各样的概念中，创造、阐释、粉碎然后又去重构着各种概念。人世在概念的笼罩与循环、解构与再造中。语言创造物也常过度依附于概念才能固定下来。

我们已无法像这岸边柳丝那样轻松地拂动，像湖上弃舟那样自由地漂泊，像草丛中野虫鸣叫那样随心所欲了。概念的贫困已将我们五花大绑于这个时代。

六二九

禽生戾气，绘而剔之。新木膝软，恤而固之。文字有狱，取像代之。如避如迎，如泣如击，乃有重生。

六三〇

街头。一个工人在为雕塑刷漆。为一个无法复活的死人刷上新漆，为一个空洞的旧符号刷上新漆。这个矮丑又有些驼背的工人，不会知道他这份无人理会的卑微工作，恰是这个时代最重要的图景之一。新漆之下的已死，新漆之中的幻象,是我们的喻体还是本体?

六三一

在这片土地久些、再久些——
盗火者已灰心如窃贼,焚香跪行者的祷告已异化为求饶,《新青年》已变成《故事会》。

六三二

为何每棵老柳树下都曾有一个抱着它哭泣的女孩?仿佛不哭,柳条就无法垂下。她哭出了一个毫不相干的罪人。她还将哭出无数个罪人。
为何旁若无人的哭泣,才是这个世上最干净的东西?

六三三

我用语言将一棵柳树掏空后,又还给柳林。将一条鱼连皮带骨地榨干之后,又还给河流。只有超验的介入,物象才能有本质的还原。

六三四

我抱过的柳树,会有无数的别人去抱着它。没有"超我"的参与,一棵柳树不可能生长得郁郁苍苍。

六三五

七岁时我想做个革命者
今年我三十七,世上的革命者变得
像钻石一样稀少了
街头涌动着早就崩溃掉的人
他们懂得什么叫崩溃,他们贪婪于
这样的崩溃:整日酗酒,用塔罗牌
算命,画桃花
总是那么三两枝,枕着
又黑又硬的石头
就像快断气的革命者
靠在革命党的怀抱里
像一座教堂靠在一个虚词的怀抱里
像社会学革命正遁入语言学革命的
巨大荫蔽里
头上,云很闲,有飞鸟若干

六三六

我有足够的自信与一棵柳树在它的体内相遇。我仍有多余的力量从它体内踱步而出,并留下一部分的我在它体内。
当我步出,我已是一个挣断了绞索的新人。

六三七

晨。院中桂花落了一地。

想起古老的"桂花糕"。此物又称"木樨",是厌世者的解药。

六三八

风撞击榆树的声音。风在空无中扭结成又解构着人们所谓佛和魔的声音。风为树林剥皮的声音。矛盾又统一。多么轻微又多么美妙。新的耳朵在产生。新的树叶在产生。

六三九

天凉了下来。夜间湖边。每个垂钓者都是王维。

每棵树都似心中有千杯万盏不能溢出。

六四〇

夜间烛火黯然的大排档上,三个人一声不吭地在吃一头羊。废墙头安静。老榆树安静。自行车安静。

远处,青山被一只突如其来的画笔取走。湖水正在形成。

六四一

　　雪扶着亭子从河水中站立起来。没有这场雪,亭子瘫痪在庸碌的日常景物中不为我们所见。正如,淤泥扶着枯荷从水中站立起来。它加深了某种对立。这正是我们可怜的生活所需之经验。也正如在雪地的静默中,看着这亭子,心里忽然涌出马连良*的声音。

六四二

　　我们过度爱惜自己,以十足的自我作为底牌,在追逐个性的同时也成为代际隔绝的最大障碍。无法做到像旷野的苦行僧,沉浸于无名无姓,甚至连自己的跛足和丑面目都忘记了。过度爱着自我,舍不下,脱不净,砸不烂。这是写作中诸多幻觉的来源,也是这时代最难割舍的巨型细节之一。

六四三

　　备料、刮青、对开、等分、劈开、削薄、定宽、整篾、倒角、编织、审器。
　　这是一只竹器制作的过程,也是诗之在语言中成形。而那个目不识丁的编织者,足以在气息上击败所有诗人,他的

---

* 马连良(一九〇一—一九六六),京剧艺术家,老生行当的代表性人物之一,京剧"四大须生"之首。代表剧目有《借东风》、《甘露寺》、《青风亭》、《失空斩》等。

手指触碰了上帝而茫然不自知。

六四四

少时看石涛画竹，跋有"高呼与可"四字。心想，老疯子何意？或是醉来一气乱喊，倒也淋漓畅快。平心绘兰、怒气画竹。当笔墨如撕衣裂带、在有竹斜生的坡上一阵翻滚一通乱叫，还有什么阻隔不能除去？后知"与可"是宋时画者文同的字。此人擅画竹，是苏东坡表哥。嗜吃竹笋、漫吹牛×。知典而后看画，忽觉其中气焰减了三分。大抵世事，通了不过是种知识。似通不通时，时而明心见性。

六四五

当一种力量自"一人分饰两角、多角"的冲动中汹涌而来——

像《霸王别姬》中的程蝶衣，在臆想角色上生而自如，反把柴米油盐的现实生活逼进了戏中。对现有角色反复逃离，予臆想以灼热体温，这是东方艺术的本性。总之是一个我不够用了，便有两个我、多个我在这躯壳上集合。诗性自分裂中来。

过得大于一或过得不足一。

六四六

有人问门罗*：你弃而不用的角色究竟有多少？
其实，我们最该这样去拷问一株柳树。

六四七

柳树是与天光云影一般勇猛精进的时光旅行者，也是如露如电的瞬间存在物。而我们何以竟以为它是静止和无忧的呢？

六四八

广义的汉语传统力量如此之强，以致我们看到十里长堤的如烟之柳，觉得它并非上帝的创造物，而是历代汉语诗人潜心合力的创造物。

六四九

一位诗人说他老家安徽和县乌江镇人把"妈"读成"猫"。我说，天下的猫一定把"妈"读成"喵"，把万物都读成"喵"。予万物以一种命名还是另有定论潜藏在此：没有可

---

* 门罗（一九三一——   ），加拿大作家。二〇一三年获诺贝尔文学奖。著有《快乐影子之舞》、《逃离》、《石城远望》等。

笑的命名,只有可笑的发声?

六五〇

是谁把柳树从万物中撕裂出来并分枝拂叶?
企图借此进行一场语言学的暴动?

六五一

我们看到了柳树的图像。如果以此谈论传统,我们不妨认为,传统正是一株柳树在剔除它的图像、它的物质部分所剩在我们内心的东西。它并不依赖于某种认知的接续,也从不畏惧形象中所包含的意志力的断裂。它正是焚书所不能毁去的、坑儒所不能埋葬的、大火所不能熄灭的、文字狱所不能绝其根的那部分。

我们所能看到的视觉的柳树,其实是传统在其灰烬中对一棵柳树的慷慨赠予。

六五二

富恩特斯*问道:"我们有办法不去体验恶而能认识恶么?"

他是把恶限定为一种孤立的、外在于我的东西么?事实

---

* 富恩特斯(一九二八—二〇一二),墨西哥籍西班牙语作家。著有《换皮》、《我们的土地》、《被埋葬的镜子:反思西班牙和新世界》等。

上,包含着恶的某种力量时常主动降临至我们身上完成它自己的试验,而我们并不能清晰地、排他性地将它分离出来。

六五三

当一首诗在纸上形成,它其实也刚从意识的污泥中站立起来。它经历了作者的虚荣心和杂乱的种种妄念冲击,它在形式上被统一起来纯属某种偶然。

六五四

诗人应该把一首诗中包藏的对语言的挑战交给读者。他应该清醒地以一个挫败者的身份退居在"写作结束"这条红线之外的远处。

六五五

一条鱼冲破水面是为了展现它所受到的种种限制,来自形态的、语义的、心理的、制度的、意志力的限制。它让我们将脚移至这些限制条件的外面。

六五六

当一首诗处于完成状态,作者就成了局外人。它就成了一株拥有相对独立性的、带硬壳的柳树。包括作者本人在内的阅读者,破壳而入需要某种天赋。是啊,诗与阅读之间,确实建筑于偶然性和某种诡异的互信之上。

六五七

僧问:"如何是涅槃相?"
师曰:"香烟尽处验。"*
其实在烟火烬中也无法验证与描绘。此相实为一种"意态":东方审美系统中的关键词之一。王安石**在《明妃曲》中有句:"意态由来画不成,当时枉杀毛延寿。"

六五八

在玄学这条死胡同的尽头,开着真正的不败之花。它之不败,不来自思考,而出自一种强行的设定。它是人与造物主之间的契约,是单向传递到我们手上的最后一丝怜悯。

六五九

诗歌让真正的对立——神迹与我们不堪之现实存在的对立——藉助语言的再造、感官的共鸣来到人间。

---

* 语出中国佛教禅宗史书《五灯会元》,宋普济编。用记言体裁,以师徒问答语录形式,汇辑禅宗传说的过去七佛到唐、宋时期各派禅僧的"机缘"和语录。
** 王安石(一〇二一——一〇八六),北宋思想家、政治家、文学家,"唐宋八大家"之一。著有《王文公集》。

它击碎了蛋壳,让我们看到蛋黄与蛋清之间曾经那么紧密团结在一起的两不相干。它让最基本的矛盾来临。而宗教,又在企图统一的念头中凝成新的蛋壳。

六六〇

对诗人而言,存在玄学的柳树和图像的柳树,矛盾的柳树和安慰的柳树,醒时的柳树和梦里的柳树,纪律的柳树和超越的柳树。

对科学而言,只有规定的柳树。

对维特根斯坦而言,并不存在柳树。

六六一

当柳树以自己的经验呈现出特定的形态时,这经验的最有效之处,在于它给榆树、樟树、桦树、槐树等一切树种传递了一个"一心靡异、万法非殊"的偈语。

六六二

而我们将如何在洞微烛末地精研物象,与不以"分别心"来统摄万物这两端之间做出选择?如何做到临机不碍、应物无拘?语言的机锋如何不在我们心中演化为一种语言的恶习?

六六三

我读屈原与沃尔科特*时,嘴里泛出一模一样的春末柳与楝混生、苦涩且致幻的味道。

六六四

一株柳树时而抵制自身,但它终不会成为一株榆树。上帝赋予万物以一种极其危险的分界能力。有它在,柳树才未成为榆树,董小宛才未成为冒辟疆。他者的经验是个体存在的动力源头。所有艺术都单腿立于这种薄如锋刃的分界能力之上。

六六五

或者说,每一株柳树在它自己的意义上——都是一个未完成的天才。

六六六

每一株柳树都活在"它不曾是。它不是。它将不再是——一株柳树"的假定中。它生长的力量来源于此。

---

* 沃尔科特(一九三〇—二〇一七),圣卢西亚诗人。一九九二年获诺贝尔文学奖。著有诗集《在绿夜里》、《猴山之梦》等。

六六七

每一个物象都不是几何学所能达成的,它真正的种子只在事物本身那深沉的自觉中。如果我们认为一件事物临近排他性时,这种自觉才存在,那我们就从未懂得它。

六六八

语言允许一株柳树活在"你证我证,心证意证。是无有证,斯可云证。无可云证,斯立足境"的语境中。
没有一种语境是人类独有的。虽然我们仅能用人类的语言绘出它的轮廓,但我们要知道这描绘正是一种丧失。我们心中的柳树,绝不比一条鱼心中的柳树拥有更多。

六六九

柳树和榆树在街头轮替栽种,是一种权力的交换。
它们也是栽种在我们的语言中。它们被说出,即是对语言权力的一种轮番攻击。

六七〇

柳树塑造我们,远超过我们在语言中塑造它。

六七一

记忆的分镜头：

（A）我在一九八八年曾有一次漫长的西行。那年夏天我们扒上运煤的火车，到了贵州省。夜宿钢铁横梁的桥洞。看赭红的河水，昏沉沉睡去，又不断地醒来。同行的武当张五侠，失踪了。我仍是十步杀一人。几十万颗星星铺成的床铺上，我想："今夜，河水不可能高于我发烫的嘴唇。无论谁是它的主人，无论我曾多么地罪孽深重。"

（B）车窗闪过的山坡，披着羊皮。褐色的，或者白色的羊皮。有些话始终说不出。嗓子中的老榆树又酸又硬。

（C）玻璃中她的脸有馥郁的香气。她的脸无声摇曳。流逝换了一种说法……

（D）茅台镇外的废加油站，杏花、牛村长和我，连着喝了三天的酒。"小糊涂仙"当年还是秘而不宣的一个牌子。牛大嫂在厢房生孩子，疼得满地打滚，撕心裂肺地叫着。门缝中飘出一阵阵血腥。牛村长脸色铁青，一言不发。突然间他冲进了厢房，咣地一下世界静了下来。三分钟，整整三分钟！我们全身发麻地僵坐着，一动也不敢动。

桌子，椅子，脸，炮弹，拖拉机和盘子中的犀牛，慢慢悬浮在空气中。三分钟，整整三分钟。多少年我在回忆它那不可言喻的宁静。

（E）每次杀戮后，我都会沐浴弹琴。一根弦战栗着，把房间塞满。梵净山的秋日，枯草高过了膝盖。鸟鸣很慢，武当张五侠始终没回来。我仍是十步杀一人。放眼看过,漫山遍野,淡去的血泊适于物种的再生。

六七二

柳树一点点地死去,首先死去的是它体内榆树的那部分。最后终结时到达纯粹的自己,或者纯粹的他者。

六七三

有人在我体内诞生,熟睡,老去,死掉。
我散步时,她在体内晃动。我与她的缝隙中到底容纳了些什么?

六七四

我的思想到哪里,哪里就会出现一座囚禁我的监狱。

六七五

"我扶墙而立,体虚得像一座花园。"

六七六

下午。有只麻雀久久立在我窗台上。它有一副深喉,但从未叫过一声。嗯,我做了它两个小时的知己。小时候,在旷野中,我也曾跳到那些孤独的低压电线上,跟它默默地蹲在一起。

我们在共用一个复杂而长久的语言系统。

六七七

多年以前,我曾有一首描述女乞丐的短诗:
"孕妇在枝头,忍着下坠的腹部
即将着火的腹部。在某个时刻
硬币噼啪作响,行乞的旧瓷碗趴着老去
而孩子在羊水中,正长瞳仁

怀揣少年先锋队员的孕妇,只能烂在枝头
不能烂在墙角。有梦的瞳孔转动:黑往更黑中去
白往更白中去。你必须涨破枝头
到郊外废加油站,冷而灰的暮色中,再一次生下我"

六七八

我们正处于一种罕见的对话阻滞之中。对话之所以无效,是因为存在相互割裂的、不同的话语体系。庙堂、江湖、各个帮派、各个阶层,各说各的,各有话语谱系,各有各的神奇暗号,各自默默修复其频繁受损的话语权。无人伏下身来潜心倾听他者。

共通之处只剩下：疾病与药片、钱币与稀粥。

六七九

过一段废墙头时，听墙那边有二胡在拉《病中吟》。我站在那听。中间有一截，被大货车轰隆隆碾过的声音盖掉了。这曲原名《胡适》，还是老名更好。听这一类，我从不愿买票在堂皇的音乐厅里听，也不愿买碟来听。偶闻才是入心。在墙废柳废、人废曲废、胡可适之中才是入心。

六八〇

秋风吹掉了一些人的脸。
一些人在干涸河床散步。一些人趴在囚牢的铁窗上。一些人用锤子在砸核桃。一些人在算术里拧螺丝钉。秋天很蓝，足以溶掉他们的脸。一些人在小镇茶肆打牌。一个死人混在其中，只有他的脸是干燥的，是完整的。
秋天吹翻了不知所终的小河。榆树，连枝带叶地在流逝。堤坝在流逝。

六八一

我一直怀念人类的巫性文明时代。那是一个人体的无限潜能已近通灵的时代，是一个不必为了种种臆造的理念而斗争的时代，是一个真正把对生存的肯定置于否定之上的时代，是一个尊重万物之神秘性并在青铜上表达出了这种神秘性的时代，是一个把羞耻当作了一种良好品质的时代。

六八二

天一转暖，蝴蝶就从死亡中醒了过来。在空气中割开两寸的口子，钻进去。把双手变成双翅，低低地飞。

飞过南方寂静的栀子花群。月下的河流，云聚云散。新竹生得比屋脊快，细雨落得比柳丝长。飞过梁府或祝府，欲擦拭，却早已没了人世的袍角。

从南宋至今，许多书早已不读了。许多道路已经荒弃。殉道再不能换得斑斓的形体。我住在钢铁厂后面的琥珀山庄小区。如果你来，请允许我孤单击掌，并噙着泪起身相迎。

六八三

好诗中都有种不能被读出的声音。它回旋在诗的最底部，拒绝被任何音律、腔调、节奏所传递。它恰是一首诗最重要的部分。

为了不丧失，我一直不愿朗诵自己的诗作。可被接受的底线是——低诵如自语。环顾而及它的朗诵，总是很可疑。激情不过是一捅即破的附着物，是难以自知的表演，是包裹着沉珠的正快速烂掉的盒子。

六八四

风吹动水泥地上落叶的声音,也是经卷翻动的声音。

不立言,而后有齐物之心。但我们仍在抵制,仍在写下。世间所有烦恼,其实不过是概念与歧义的烦恼。

六八五

笔法上,过度用险用力,常在不经意间就露了怯。这怯,才是我们自己。一开始就以一己之卑微示人、把"内心的补丁"撕开给人看的,在方法论上往往是霸道之举。

六八六

傍晚。细雨中嘈杂街道。有人站在那,嘟囔着吃罢烤羊肉串。抹抹唇角的油,转身又买下几枝玫瑰。玫瑰将用来满足女人——灵长类欲望的沟壑正是靠这种花的遗体慢慢填平。

语义上的美与丑,其实在出入同一朵花。只想劝一劝这些朋友,送人玫瑰,请连它的根、根下的泥巴、泥巴中的悔恨、悔恨中的回声一块赠送吧。

六八七

为何语言需在真实存在的物之前示弱?因我们明白"它

者"的不可知,并须对这种不可知怀着敬畏。我们知道"处弱"方能生长。这就是为何强力诗人的诗句中,布满令人头疼的疑问句式,有更多的惝然与唏嘘,而更少那种一切在握的状态。

六八八

路边小店,橱窗内养着鲫鱼,阳台上晾着干净的短裤。经三味书屋老址,忆及那些年、那么多朋友的捧茶夜战。

如今,我只记得其中一张从不说话的脸。

六八九

任何一个诚实的人,都可能抱怨这是个最坏的时代,因为大家痛苦地抓了一手烂牌。聚光灯只停在他们身上:投机者、掮客、骗子、穿迷彩服的伪文化精英。对他们而言,最好的时代来临了。而仿佛置身于外的思想者和诗人们看见,最坏的一词正在滑向自身的坚拒中。

诗人将充分享有两面。所有的原形毕露,正是丰沛的资源。

六九〇

我有只犀利的鼻子。能嗅到远处一粒葡萄在一堆葡萄中烂掉的气息。能嗅到一个人在人海中行尸走肉的气息。能嗅到隔着几堵墙的一只猫的气息。能嗅到一大排柳树中，若干年后将被制成绞刑架的那一棵的气息。

过度的嗅觉，颠覆了我的写作、审美、生活。我生活在一只倒立着跑动的丧家犬之中。

六九一

从生活中找到一条诗性与戏剧性交叉的
通道：像我记在《回乡杂记》的一段话
——"舅舅，这傻大个是你的外甥
小镇推销员，因为好色而声名狼藉
你死去时，他还小
在幼儿园舞台剧里扮演蚂蚁
当然，我本人也没什么好消息带给你
我染上了脊椎动物健忘的通病
有一天竟连丢七次钥匙，听上去像个
老掉牙的笑话吧
这毁掉了我的安乐，我的倨傲
我是个摄影师，三年了，连张月明星稀都拍不好
想一想都叫人悲哀"

六九二

柳树沉醉于人们看见它时视觉上天然的偏见。

六九三

我们的苦难植根于集体主义意识在语言中的滥用。费正清曾为集体主义在亚洲文化中的合理性一辩,而桑塔格则予以斥责*。

六九四

如果没有变节、背叛、不义、歇斯底里,如果没有它们充斥于生活每一处角落,如果没有鲜血与眼泪的介入,我想,"人"这种动物是很难深深觉醒的。

我无法爱上一个被过度滤净的世界,我爱的正是这个世界的混乱本身。

六九五

我不会死在我的对立面上。就像鸟儿,不会被镜中逆行的自己吓着。在那里,它成为另一个,或不足一个。这样的蛊惑支配着我们。当杯子不足一个,亭子不足一座,头颅不足一颗(如果有昨天,它需要从昨天的位置上移开),当陈述性的刀刃在桌上立起,这是我们常说的"多余部分"。像映在

---

* 费正清(一九〇七—一九九一),美国历史学家、汉学家。著有《剑桥晚清史》、《剑桥中华民国史》等。桑塔格(一九三三—二〇〇四),美国文学家、艺术评论家。著有《恩人》、《反对阐释》、《激进意志的风格》等。

玻璃中的脸,正慢慢地,变暗下来。

六九六

我曾在老家的桐梓山狩猎。箭杆穿上一支豹皮,就窜了出去。而金钱豹瞳孔,正急剧地化作箭矢。当相对论即将命中它自己的死亡靶心,就谈不上庸俗了。它的安恬,亦无须我们再去钻研。

喜鹊吓了一跳,弃下伪装的壳。朝箭头迎了上去。山坳日光耀眼。猎人多棱、紫红的脸膛,吸引着它。

六九七

牛鬼蛇神、咸鱼稀饭,无一不可来佐伴我这杯凉薄老酒。即与异己、仇人推杯换盏,也能心平如竹下独饮。看湖水溢出、浮云扑眼,又兼有老弦喑哑、灯笼微晃、苏三正离开洪洞县、窗外等公交车的人无言地缩着脖子。正该是一饮而尽的好天气啊。

六九八

有些人为自己封闭、不融于人群的性格很痛苦。为此,他们也模拟油嘴滑舌的鹦鹉,偶尔插科打诨几句。静下来时,又因此自责自鄙。我对他们说:凡珍贵之物,都是这样在反复怀疑自身中得来的。没被怀疑折磨得一嘴寡淡的东西、没被怀疑弄得血肉模糊的东西，算什么好东西呀。

六九九

真、善、美都饱含拒绝。
只有佛与傻×能四海一家。

七〇〇

我有个习惯，喜欢爬到书架顶部，将积尘旧书取出摊开，却少重读。翻一本旧书，便有一人复活。他们将重新论述已远离他们的人世。

我替他们说吧：世界是荒谬的，自古至今这荒谬只有一种，你别想追求第二种；这荒谬我们嘲笑过，你不必第二次嘲笑；学会与荒谬共处并获得快乐，否则你今早又爬次梯子有何意义？

七〇一

颓废，垂直地照射着下午的物、物种。

稠密的杨柳，在一个男人心中，持久地被折磨着。它的屈从，甚至连一个旁观者也没有。而这一切，又几乎是可见的——一条河，卧在那里。

七〇二

我们活着,不是世界的比喻,而是世界的反讽。

七〇三

善良的人常会如此选择,即以过度折磨自己的方式来祈求这个世界宽宥他的过错。

广漠的人世,事实上无人记得、无人在意这些过错。但他依旧会这么想、这么做。

如何折磨自己,也向来是个秘密。折磨啊折磨,是无人会意的孤胆,也是云蒸霞蔚的源头。

七〇四

窗外。阳光很好,像一大碗麻醉剂泼在脸上。

正如特朗斯特罗姆*曾写的:"早晨的空气留下邮票灼烧的信件。冰雪闪耀,负担减轻:一公斤只有七两。"

阳光很好,我想挖一个四米深的地窖。

---

* 特朗斯特罗姆(一九三一——二〇一五),瑞典诗人。二〇一一年获诺贝尔文学奖。著有《钟声与辙迹》、《在黑暗中观看》、《真理障碍物》、《狂野的市场》等。

七〇五

冯至*先生送诗集给朋友，曾在扉页写道："一生精力皆白废，何曾一语创新声？"他写得如何，姑且不论。这种情怀真是久违了。

古来精工大匠也多从自我言废中来。

七〇六

小时知写字也可以被砍头的，是因为戴名世**——史上最有名的一起文字狱。

其墓距我家老屋子仅几里，乡人称"榜眼坟"。家乡一带，连剃头匠都能讲大段神乎其神的戴氏旧事。金天羽***说他："负才自喜，睥睨一世，世亦多忌之。"农民们最爱的是侠客和屈死者。戴氏被杀后，传仝村三百余人俱投塘自尽，估计是民间的附会了。

七〇七

受辱，是爱的肇始也是审美的源头。

---

* 冯至（一九〇五——一九九三），现代诗人、翻译家。
** 戴名世（一六五三——一七一三），安徽桐城人，清代学者、文学家。
*** 金天羽（一八七四——一九四七），又名天翮，祖籍安徽歙县，诗人。

七〇八

防波堤内是呓语般的湖水。

在微苦的舌下有一扇众妙之门。

远望。彼岸的吸引一直高悬。难道彼岸是一件已经完成的构筑?在一件已完成之物中诗人何为?

七〇九

醒悟正如空着手走下山坡。

七一〇

在这个时代做一个有最充分视角的、最耐心的旁观者。不必相距太远,确保看清那些正经历者的麻木与荒诞不经。不必嘲笑,是他们替代你在麻木着。写下你所目睹的,要阻止自己在完成这个角色之前疯掉。

七一一

每逢人世节日,都要到父亲坟头坐一坐。盛夏刚过,野蒿高过人头。荆棘蔽路,浆果红透。肺中涤荡着无名花、无名草、无名果的沉醉气息。置身"众无名"中,一点儿也没有悲戚,一点儿也没觉得两隔。冢上花开曾烂漫,生死无间断。杜甫写道："明年此会知谁健，醉把茱萸仔细看。"

七一二

月亮是一卷被宿命论者翻破的课本。
但今晚合肥无月。只有公园内被踩得皮开肉绽的黄土小路，只有黑池坝的湖水。只有湖水的两面性：一面是它被动的清澈，另一面是我双倍的愚蠢。

七一三

夜深无风。湖上，波平如不忍。正如世间所有的旋律，唯有大病般的沉默是它曲终的良药。

七一四

疾步穿过一片榛树林。一棵老榛树抱着我说："雍正二年，我奉诏出征，杀人无数。后被奸佞所害，冤魂连夜返回家乡，化作一棵榛树。我被砍头了几十遍了，以偿还当年杀人的债务。只可惜，现在大地上，已没有忠诚可言了，已没有原忭可言了。我打算从此烂掉。"
树叶们哗哗哭着。我疾步穿过。

七一五

我书房的玻璃下压着一帧旧照片。早年造的"永久"或"飞鸽"?我看见他在云彩之上骑旧自行车,脸上的油漆一块块地剥落。

那一年——用沥青造天堂,炼钢铁,唱双簧,烂醉在公社薄暮的阵阵槐花里。那一年的炉火依然通红,但今天的砂轮厂还是垮了,砖石间露出了厌世的榫头。

"我们造的轮子究竟是被谁消磨掉的?"我看见他,有时蹲在街角。有时蹲在云上,给链条抹着油。把黑色的轮胎转来转去,像在转动一条生锈的绞索。夕光在他泥塑的脸上,涂上了一层深褐色尊严。天边,晚霞像人世煎熬的窑火。而落日高不可问。

七一六

秋天来了。荷尔蒙越埋越深。面具越来越美。能够分享的人越来越少。

散步的人在落叶中小于一。

七一七

本质的柳树在诗中:"昔年种柳,依依汉南;今看摇落,凄怆江潭。树犹如此,人何以堪!"

你们看到的，无论是垂下的枝条、醒目的绿色，还是虬结的老根，都不过是它的剩余价值。

七一八

许多腆着个大肚子的女人在夜间公园晃动。她们像母孔雀般高昂着头，脸上挂着那种"我已原谅了一切"的微笑。

我自卑地围着她们慢跑。她们的胎中，有李白，有梁启超，有乔布斯。此刻，小家伙们隔着肚皮正贪婪吮吸公园里馥郁的桂花香气。

七一九

我对碎片有难以言喻的嗜好。多年前，每逢有闲，就驱车到外省工地去寻古瓷残片。记得扬州疏浚古运河时，每日往返近千里而去，买回几车厢古瓷片。有时也卷起裤脚，一身泥土地去挖掘。

每块碎片后，都有一个丢失的整体——一种再无法重现的存在。碎，加强了那整体的气质。

七二〇

末日论者觉得这个世界，已像一辆七十吨的卡车悬在一根棉线上。教徒们祈祷上帝让地面抬高、托住欲坠的卡车。而上帝说：末日早来过了。唯有诗人们从不左顾右盼，他们仍豪饮如故。再没有更好的状态了，他们乐于分享卡车的焦虑和棉线的紧张。

七二一

我们因目睹而持罪。

若干世纪之后，当你们从地底掘出我这块碎片时，能否找到在碎片上深藏的某个时代的整体？

七二二

我对任何场合、任何人群中声音最高的那个人，都存有敌意。无论他在说什么。现代传播学放大了这种假嗓子。我知道存在着模式化的公共语言，是从效率角度入手的。而文学不需要屈从于效率，文学想干掉的第一个敌人就是它。

七二三

再没有比一个残酷的和充满谬误的生存环境，对写作者是更好的砥砺了。就是这具皮囊了，里面塞的是幸福的一生还是悖谬的一生，写作无非是"掏空了来看"。要紧的是观照的诚实、下手的精准。对于没能力将其掏空的人而言，里面装的是什么，是肉池林、还是古拉格群岛，倘掉头去看，实是件无关紧要的事情了。

七二四

下了一场暴雨。树林里冒出腥气。是皇后不贞洁的肢体被埋在桂花树下冒出的那种腥气。

湖边。依旧有人跑步。她跑得那么快,有几次我看见她冲垮了自己的身体。

七二五

秋雨过后,谁都有悲伤的权利。收割完的镇郊,陡然寥廓,得剁去几刀。鸟还剩下骸骨在飞,洗得那么白,在铁青的湖面和肮脏的浮云之间。

河流永不停息,却什么也没带走。它的虚幻得剁去几刀。你身着封建残余的蓝对襟袄,正穿过石板街。除了你在走的路,其他幽巷一律剁去几刀。往事如同一张至死不忍落墨的白纸。你那么困倦、低垂,像活在无限漫长的睡眠中。正如海德格尔所言:存在无法定义,此生若遭抛掷。那就朝着锁链剁去几刀。他叼着烟,在内心提刀乱剁。直至月影细碎、天下发白。世界之神秘源于它在刀下不会有一丝一毫的改变。

七二六

午间见一乡下姑娘,拎了筐桃子,蹲在路边卖。问:甜不甜?她脸皮腾地一红,说:不甜,雨水灌的。因这"脸一红",我便把剩下的十六斤桃子全买了来,送给路旁的陌生人吃。当年辜鸿铭*说,要弄通中国文化,得逛逛八大胡同。林语堂给辜辩护时讲一大筐废话,本质的意思是哀叹今世尚能脸红者,快要断绝了。

我吃了个桃。果然,至罕者不甜。

七二七

微醉后,独自去登山。

山中的虫子,像接到某种密令,如此浩瀚地鸣叫,许多年没听过了。有人告诫我,深夜山道独行,要谨防产生幻觉。走了这么久,幻觉却始终没来。好吧,让这亿万松树和我一起磨墨,把这不能致幻的夜色磨得再浓一些。

七二八

无限珍贵的乡村经验,填补了这个时代的恶在我们身上冲出的一部分缺口。

七二九

我是一只纸老虎对面、度日如年的假猎手。
我是自己日渐衰老的玩偶。

---

* 辜鸿铭(一八五七——一九二八),清末民初翻译家、散文家。有"清末怪杰"之称。

七三〇

想找点工夫学一下箫。在我听来，箫、埙一类，在单向度的表现力上比钢琴强得多，尤其不坠入炫技的泥潭。我父亲生前吹得一手好箫曲，他书念得少，也没人教他，不知怎么就通了。夏夜，他坐在屋后河堤或桥上吹着。箫一沾唇，大家都不出声。那呜咽，贴着静静河面远去。

我曾听箫中宋词，其幽曲以《八声甘州》为最。

七三一

任何一条歧途上，都密布着早已遗忘目的地并将永远沉浸于遗忘的高速列车。

七三二

亭子的不动，来自湖中荷叶的快速枯荣。

午间在翡翠湖边散步。白鹭的语言无须译出，就将它的自在送入了我们心底。柳丝垂向水面，也无须一个字就已说清了它自己。而我们，昏昏沉沉的废话将持续一辈子。

七三三

夜深忽梦少年事。清晨见，雨丝直立在湖面，柳条直立在岸边。每个人,都像一座等待重构的建筑。

七三四

每一个智者,都是用他语言的绳索捆绑着读者进入他的表达之中。而于读者,没有抗拒,就没有真正的阅读。

七三五

自毕达哥拉斯到黑格尔*的想法,名(概念,普遍性)是决定性的,实(个别)是派生的。
一条鱼在鱼之上笑着,像荀子**一样嘲笑着这冒着腥气的"以名乱实"、"以名乱名"和"以实乱名"。

七三六

我们活着,如盲人在草丛扑蝶。

七三七

每个男人心中都盘踞着一条青蛇。有时,误作它是白蛇,因为每个男人心中——也总有座塌掉了半截的雷峰塔。色不

---

* 黑格尔(一七七〇—一八三一),德国哲学家。著有《精神现象学》、《逻辑学》等。
** 荀子(约前三一三—前二三八),战国时期赵国人,思想家。对名实关系,提出"制名以指实"。

障眼而俗心自误，竹林短暂而法海长存。

七三八

我记得乡村登记簿上那些失踪的居民。

算命的瞎子，剃头匠走了。磨刀人，戏班子，哭丧的，小祠堂，巫婆，驼背小漆匠，补锅的，社员们都走了。世上这些温暖的声音，就这么变得冰凉。鬼魂也走了，池塘失去了依靠。哑巴走了，拆掉了全村的门槛。寡妇走了，遗下扯不大的孩子。抱着肮脏旧棉被，站在村口。我一个人住在这空空的壳里。像冬天的灯盏，内心火热得发抖。枯黄的钟摆，晃过来一下，又晃过去一下。

七三九

中国社会的群体割裂部分出自对庙堂与江湖的划分。庙堂有庙堂的游戏规则，江湖则自有一套暴力清算体系来实践其善有善报、恶有恶报的存在底线。往往互不理解。

唯有自古喜欢和稀泥的文人想着要集江湖与庙堂的好处于一身，所谓"少年游侠，中年游宦，老年游仙"，那真是一场没头没脑的春秋大梦啊。

七四〇

这个时代的诸多悲剧，本质上是每一个旁观者、每一个人自身的悲剧。我们都是悲剧的主角。但我们却习惯于把"我"貌似无辜地割裂出来,去指责"时代"这个庞大的假想敌。

七四一

晚在公园散步。看到树丛中布满了偷欢者。他们与她们。模糊的低语、偶尔压抑不住的呻吟,令叶面微颤。叶子因倾听了太多私语而闪着幽光。树木深知:不得不长得更加茂密,以保护偷欢者的秘密。

我像个负数一般,无声而迅速地穿过由他们筑成的世界。

七四二

当诗对已知进行消解,对已有进行覆盖——这时你看到的桦树,就是体内已存放着琴声和绞刑架的桦树了;你看到的池塘,就已是鬼神俱在的池塘了。

诗性均布于我们曾抛弃的每一件东西中。

七四三

写作者都有一块稳固的垫脚石,即自欺已足够迷人。

七四四

　　诗人写诗，他以为他在弹奏。其实，他被弹奏。是谁在弹奏他？是什么物在弹奏他？这是诗本身最残忍的一个秘密。

七四五

　　他试图写一只鸟，本质上是一只鸟在弹奏他。

七四六

　　佛陀如果是有腮有鳞、哑巴的、吃泥吐泡的这条鱼，还会有这么浓烈的香火之祭么？
　　不幸的是，佛陀正是这条鱼。或者说，他有能力是这条鱼。他们的智慧对冲于躯壳的如一。他们似乎都不必过度屈从于对方。

七四七

　　世界早已逼仄到——真正的宽容和真正的敌意，都只能在同类属性的人之间才会产生。写诗，本质上也是归集同类的召唤。当阿赫玛托娃*写道，河面横斜的枯枝，像茨维塔耶

---

* 阿赫玛托娃（一八八九——一九六六），俄罗斯诗人。著有《安魂曲》等。

娃写来的一封信。

需揽这枯枝入怀。我所说的"归类的饥渴",既是写作者最可怜又最雄壮的愿望,更是上帝在语言中一种最惊险的设置。

七四八

止于对语言传奇的回避,是诗歌在自省中需要担当的一种责任。

七四九

诗歌的胜利是诗人成功地消融于众人,他的怪癖也成功地化为众人的可亲之物,他的哀伤将被众人稀释。哪里还需存在诗人的群落意识和别样的标签呢?

七五〇

那个跳下油锅去寻鱼的人,最终将替代鱼之一跃而将沸腾的油锅化为清粼的河面,这仰仗于语言的伟力与诗人的犯险。

我们读过的最美诗章,莫不有此景象——无论在奥斯维辛*之前,还是在奥斯维辛之后。

---

* 奥斯维辛是纳粹时期一集中营名。"奥斯维辛之后,写诗是可耻的"一语出自阿多诺。

七五一

　　自然的洞见一直向我们敞开着。似乎不把它在物欲中捂至窒息，就不叫生活。然而时代又似面包屑逼迫诗人们一点一滴地去还原它。这个过程的真正精妙之处在于，诗歌不仅缓慢地还原与修复了自然，也在语言中发明与再造了自然。

七五二

　　诗歌的智慧不是教人以生的乐趣，当然也绝非教人以死的乐趣。它必授人以生与死在每一个寻常日子里交替发生的乐趣，一种劈开与弥合的乐趣。

七五三

　　我们在人群里寻找什么呢？如此绝望于无获。诗人若在一堆鹅卵石或一捆废钢筋中寻找自我的同类，要容易得多了。

七五四

　　视止于谢朓之眼。听止于鲍照之音。色止于王维之冲淡。味止于杜甫之工余。幽玄止于李商隐之隐晦。气止于王船山之放达。

七五五

我喜欢创作的中年气象：开阔，不再耽于修辞的过度雕琢，不固执于曾困于一城一池的自我；雄辩，却不再为一己之立场辩护，也不再为志异鬼怪的手段翻新鼓掌；减速，却有着没谁能推动我、更没谁能让我停下的气概。可惜当代汉语的中年气象才刚露端倪。一些人有毕生过不尽的青春期，另一些则从青年直接跃入暮年。

七五六

世间高手，四十岁前大体是相同的：矜才使气，执着于纤毫之争、疏处求密、密处忘疏，登高而不处下。四十岁后要依仗的不过是天造，千古无同局，才是真的要诀。宫二之好，在于有一条悲剧的尾巴，看得透莫如行不通；叶问走通了*，却忘了不该忘的，再好的收场也终不过是成全了他自己的替身。

七五七

鱼儿在河中，吃着乌藻间漏进的阳光，吃得很认真，一点渣子也不留下。

---

* 宫二、叶问分别为二〇一三年王家卫导演的电影《一代宗师》中章子怡所饰的女主角、梁朝伟所饰的男主角。

如果阳光照到我们，照到我们身上的虫眼和灵魂中浓重的霉斑，会不会疼得一阵收缩，在霜冻得黑黑的桦枝上？

我们有着更深的屈辱，却不再说出。如果阳光照着的豆荚爆裂，如果衰老的淮北平原像哽在我嗓子中难以说出，这沸腾过又平静下来的一腔河水。

七五八

伟大的写作者远非那占据最纯粹艺术感受的人。他们虽极为明了何谓纯粹，但一定会注入历史感和某种格局。这种格局并非要尽显于某个单篇，却会贯穿他的一生。他会把自己的水搅浑。他不愿活在清澈之中。甚至他时而令人厌倦。

所以，对我而言，《尤利西斯》远不敌《红楼梦》，达达派*也不能与沃尔科特相提并论。

七五九

爱真乃世间第一等枯燥之事。我甚至觉得唯有最古板、最端肃无趣之人才能体会得。世上的聪明人，因尝遍了适时与多变之乐而排斥了它不动、不变的本性，又因过度沉浸于"爱的相似物"而愈加远离了它。

这些相似物是：趣味、柔情、对美这一概念的种种幻觉、性交和誓言。

---

* 达达派艺术运动是一九一六至一九二三年间出现于法国、德国和瑞士的一种艺术流派。

七六〇

　　众鸟献出各自的翅膀，搭成鹊桥，供一郎一女在此私会。国人素不深究牺牲之道，在尘世被拆开的、被处死的，总要用超现实的方式让他们复活、重圆。俗世之乐，就是目的。本质上又没有超出现实分毫。
　　故，我们有喜庆的节、良善的节，也有悲苦的节，却从未有震慑的节、神性的节。

七六一

　　真正的爱，一定包含某种敌意。不解得这种对立之妙的人啊，尔之情感就是一摊无味的淤泥。

七六二

　　好诗常有一种遗书的气质。这股子狠劲却不知要抛向谁。不确定的读者才是真正的读者。一首诗在无尽暗处拥有它涕泗滂沱的儿子。当它先行，它知道有这一刻。
　　遗书气质：当一草一木尽皆肃静的良知。何物羡人，二月杏花八月桂；何物催我，三更灯火五更鸡。——就是封最通俗的遗书。

七六三

昆德拉说他极度厌恶陀思妥耶夫斯基*,因为后者把情感上升到价值乃至真理的高度。

我站在被斥的陀老头一边。

七六四

我从不觉得一头巨鲸的跃出比一只针尖般幼鱼的跃出,在语言中更具力量。

中年之后,我们寄身于世所需的体积越来越小了。

杜甫说:"波澜独老成。"

七六五

同居一个卧室的男女,对生活的判定可以远隔千山、势同冰炭。

生存的困境本质上是思想的结果。

一念起,即入狱。

---

* 昆德拉(一九二九—),捷克裔法国小说家。著有《玩笑》、《不能承受的生命之轻》、《生活在别处》等。陀思妥耶夫斯基(一八二一—一八八一),俄国小说家。著有《罪与罚》、《被侮辱与被损害的》、《白痴》、《卡拉马佐夫兄弟》等。

七六六

　　鱼的弹性显然要比上帝还大。上帝不断地被否定和遭遇质疑。一条鱼就自在多了。
　　而且对我来说,上帝嚼起来太塞牙了。

七六七

　　耳朵在轰鸣与寂静中被磨得尖锐,此为常态常理。
　　而耳朵,亦会在目盲、失聪、失嗅、无触中被磨尖,且更见奇妙。每个人都存有打通五官的通灵天赋。
　　可悲的是,当目盲来临,绝大多数人遗忘了可以替代眼睛的双耳、可以替代行走的黑暗。

七六八

　　语言的明暗度激活视觉、余味激活舌头。
　　没有一个真正懂得语言的人不沦陷于由五色与纵性构成的俗世。

七六九

当帕斯卡*说"向自己隐瞒了自我、向别人打扮了自己、向上帝暴露了自己"时,他似乎并未意识到,这仅是人与上帝之契约中规定的必要性生态。

七七〇

缺席已是当代最本质的一种存在。念佛的,少了声狮子吼。读儒的,少了个杀身成仁。尚武的,少了它风萧萧兮易水寒。做官的,断了一五五八年海瑞**草笠芒鞋赴任淳安的理想主义。喝酒的,少了孤注一掷的酩酊。吹箫的,少了无人相应的耐心。枝上的,不敢抱木而死。地上的,不敢布衣一怒血溅五步。

七七一

十一月夜寒,星宿各各抱紧了自身
屋顶和屋顶,同是褐色,彼此却不问收成
一床薄被子,你拽过去一点,我拽过来一点
这恒久的隔阂映照,赤条条地降下露水

---

* 帕斯卡(一六二三——一六六二),法国数学家、哲学家。著有《算术三角形》、《思想录》等。

** 海瑞(一五一四——一五八七),明代官吏。一五五八年赴任浙江淳安知县。

树干缓缓转动、变黑,供出了松脂
我能说露水和松脂是同一事物么?它侵蚀了骨头
却拒绝就此长存,像孤独者没写成的纲领
缆绳拖着,从上游的泥泞到下游的泥泞,不过是一夜间

不过是转个身,它就复制了沿岸所有的景物
江上鹭鸶,野鹤,木船,越聚越多。月色偏淡
他专制的性格要求命运,再淡一点。当露水下降
松脂飘香,镜子慢慢收拢了脸的碎片

七七二

　　二胡声从亭子溢出,在空气中雕出几根枯荷。此乃东方人的表达:我是枯荷佛是泥。
　　听过最好的一段二胡,在北京一条死胡同。小院。晚报。自行车摊。墙上绘着老革命者头像。瓦缝里枯草像一年一度的游侠。理想主义崩溃后的时代。写在草稿里的某年某月某人。我穿着白衬衫,一无所思。对往事只求了断。

七七三

　　语言中的"我",是对语言中的"我们"的一种惩罚,虽然表象上恰好相反。
　　所以,我从不阐释一群鱼跃出水面。

七七四

午间的沥青有微弱的弹性和浅黑的回声。我走得比平日里快。

路边,一个少女举手敲门。她很犹豫,举起的手缩回,再度举起。她那么饱满,仿佛有一个骑兵师在她体内正发育,有整座森林的汁液在她体内被压制着。

我迅速越过了她。我曾期待身后传来一声危险的尖叫。

七七五

真相所以重要,皆因它包含了一切对善的假定。

七七六

神秘主义几乎是写作者的最高雄心。它要把在写作中被解构驱散的大雾重新缝合起来,也要把生活中被具象事物驱散的大雾在心灵中缝合起来。在"一尺之锤,日取其半,万世不竭"的尽头,无垠与缝合就出现了。

而语言本身,既是针与线,也是它要缝合的对象——因为不存在一种超越了语言边界的神秘主义。

七七七

你有乱纷纷,我有不言语。你有浮世一座,我有白发三根。

七七八

"我是个空心人。我是浑身绑着毛线的空心人。我抵抗世界的方式就是这么简单,把自己掏空了,翻来覆去、晃来晃去地给你看。我是个空心人。我喜欢穿花衬衫。我也是彩色的死神。"

记得十多年前某日,酒后穿过肮脏甬道。为路边歌手在香烟盒上,即兴写下这歌词。那日,京城薄雪。

七七九

天才都是冷漠的,冷酷的。无论他们如何在宴席上浑浊调笑,如何在床上龙腾虎跃,如何在纸上枉担赤子之名,他们都是冷漠和冷酷的。他们的内心是天下缟素。

七八〇

一首好诗,只有去路,没有来路。我们看到许多诗人在阐释,都企图将这"来路"讲清楚,这是多么徒劳的一件事。

写诗为世界增添神秘性,来源的混沌与爆发时的意外,是它最可爱之处。诗人的阐释都是建庙的手在拆庙。一首好诗,甚至不需要作者。从一首好诗去追溯一个诗人,既是不可能的,也是不应该的。

七八一

当下,"丧失"是最亮的一根蜡烛:物阜气失。曾有谓士民,"可杀不可辱"的气,没了。知识界"朝闻道,夕死可矣"的气,没了。写作者"致良知"、"为天地立心"的气,没了。只有生活逼迫的肉体,没有道与神性审视的肉体。其实无爱,也无恨。只有受惊。

伟大的创造物不会出现。

七八二

宇宙过小而芥粒过大,谁不曾发出这样的喟叹?
我看见水面跃出的每一条鱼都在这喟叹之中。

七八三

提琴的弦在泥中颤动,昔日歌唱的嗓子被埋得五十米深,但依然有人能听见我们在出土的陶罐上纵身相拥。

七八四

　　我是一只与大象同行的蚂蚁，我们一起构成世界之神奇。
　　我们也曾久久发抖着问道：蝴蝶究竟是谁的发明？

七八五

　　我提得起的东西仅剩下自己的一双手——当它企图证明"它将伸到宇宙的外面去描述宇宙"并非幻觉。

七八六

　　我躺在床的灰烬里，听见它在子夜的呼吸。
　　两个人曾深深搂抱的形态与线条，不是欧几里得*或毕加索所能绘出的。

七八七

　　鱼跃出水的一瞬，被无数次看见。
　　它体内灵光一闪的空间也被无数次打开。
　　我们与孔子、柏拉图**几乎同一刹那看见这条鱼。
　　然而，我们眼球上呈现的却是孔子与柏拉图。

---

*　欧几里得（约前三三〇—前二七五），古希腊数学家。
**　柏拉图（前四二七—前三四七），古希腊哲学家。

七八八

我在杂乱潮湿的这一小间囚室内也能形成漫长的流亡。

当一面墙将我驱往另一面墙，当四壁都持鞭而立，我所谓的疆域唯余此室。我的生活将在如镜的被拒中开始。

七八九

我的诗将在鞭挞下形成，但它不是鞭子。

它宁可是这鞭子，正置身其中的某种静止与恍惚。

七九〇

她被人世的各种误会打扮得像一朵花。

七九一

占据一条鱼而非仅仅去认知它。

也让这条鱼占据你。

七九二

这条鱼跃出水面是因为它需要一个宁可模糊也必与自我共燃于一炉的上帝。

而非一个已被别人阐释得过度清晰的上帝。

七九三

春雨中充满着无数种身体被撕碎的气味。
木槿花通过我们而盛开。

七九四

这是一个猜想——我们每个人曾像梅花一样亿万次来到世间。只是碰巧这一次，在别人的眼中显示出人形。

对自我的确认永在游移中行进。没人敢完全寄望于"下一次"，甚至连"这一次"也并非一下子袒露而是一点一滴凝成的。不到最后一锤，你找不到自己完整的形状。

对于这猜想，你永不是镍币被猜中的这一面。

七九五

一个作家过度沉积于竞技的实践，从当代阅读来看，他可能到达一个最好的自己。然后在死亡时，对自我交卷，那可能恰是一个最坏的自己。

七九六

上帝给思想者和诗人布置的最后任务可能只是：描绘。

它基于一个假设,即我们不曾看过那早已揭开的谜底。我们涕泗横流地去猜它。我们的痛苦是猜测的痛苦。我们的质疑是手段的质疑。我们假设那被固定在答案中的,只是"我"的替身。唯有如此,我们描绘被大风卷来的大海的一角,我们在你体内落着茫茫的柳絮。

七九七

盆中。兰花解开裙子,说:最后一缕香气,是牺牲的香气。是啊,通灵者往往只用嗅觉来沟通。能用"孤独"二字表述的孤独都不值一提。路上,初夏来了。女人的线条来了。暴雨来了。

被视作幻象的真相来了。

七九八

对一个诗人来说,最重要的,绝非摆脱对这个世界永不可解构之神秘性的恐惧,而恰是加深这种恐惧。

七九九

好诗藉由阅读进入视觉、听觉、嗅觉、触觉的齐鸣。表达会设置一个终点却让你看到终点之外,此"之外"即诗之况味、语言的回声。也就是说,诗是一间包含着回声的房间。

但伟大的语言实践从不止步于此。好诗会以突然性的破坏，突显对某种内息圆满状态的抵制与不屈。此抵制与不屈乃真正诗性所存。

八〇〇

马尔克斯*说：世界还太新，还没有名字，你必须用手去指。现在是初春，我们扬手所指之处都在发芽，所指之人都似曾相识。

事实上我们能够指出的东西，已无力引导我们步入新途。我们的手偶尔会被某种神秘力量逼迫着指出一些东西，那里才布满惊悚与喜悦。这种神秘力量让我们的心从它荫蔽的"漏光"中感觉得到却又分明在阻止我们指出的另一些东西，才真正给我们山崩水断的恐惧，才是我们终将脱胎换骨之处。上帝创造一个新世界和一轮新命名的方式，永是让新的手指在痛苦中长成，永是让我们勉力指出却永难言尽。

八〇一

春雨连日，从北到南。地上的洞穴都已注满。

去年的种子开口说话。去年的遗物玉石俱焚。河边，鱼嘴向上，形成低声部的合唱。闭着嘴的人一脸浮肿。

---

* 马尔克斯（一九二七—二〇一四），哥伦比亚作家，拉丁美洲魔幻现实主义文学代表人物。一九八二年获诺贝尔文学奖。著有《百年孤独》、《家长的没落》、《霍乱时期的爱情》等。

八〇二

至繁之形与至简之义。至繁和至简中都蕴含着神圣。至繁和至简，都消磨着那不可名状的耐心。

消磨啊消磨，一直消磨到形销义散、形与义合，消磨到从"我见"中涌出的梨花与从"我思"中涌出的梨花一般洁白无瑕。

八〇三

如果说诗歌与哲学以开掘世界更多的神秘性作为自身的解困之道，我们有没有能力在已知与未知上同时进行这双向的踱步——即向已知之物新注入蒙昧，让我们拥有再一轮解构的荒田？

八〇四

所有现实的重大事件或写作本身，都可以从现象学角度还原为最初的单纯一念。这一念起源于某种超验的纯粹意志，我们只是它的替身。这描述本身也体现了对生存之戏剧性的迷恋。无论最终战胜恶的是良知和善，还是更强大的恶，这些博弈都不过是纯粹意志在先验世界之互搏在现实上的投影。我们作为替身在语言中所能抵达的，只是被这戏剧性捆绑着与它一起欣喜或战栗。

八〇五

在柳树林里,我是榆树:并非刻心求异,不过是对自身的守常。

在榆树林里,我是柳树:并非环境推动的身份转换,只是对生而自明之物,实在无须自辩。

八〇六

枯草上顶着雪,鱼嘴上烂泥巴孤单地响着,在衰败的乡村寂静上呈现出语言难以到达的万古愁。

八〇七

诗之吊诡在于,它是并非全由诗人,而更多依仗于词语自身神秘运动的产物。诗人掷出词语如大珠小珠落玉盘,词语携各自力量如珠之滚动、碰撞,它的不可控导出无限空间。诗人确立容器,内在发酵与生成,有混沌的一面,远超人之意志。小说则相反。故小说家自身容量大于他的小说之和,而诗人小于他的任何一首诗。

八〇八

我无缘见到高僧所谓"将头临白刃,犹似斩春风"的从容,也无缘见到××被割喉时的脸。但我见过,一个学者在人群中突然放声大哭的样子。他大哭着走下讲桌。在大街上,又旁若无人地向前哭了几百米。多年来,我一直记得。他哭得像一首唐人绝句。

八〇九

过冬的榛树林,呈现删除之美。湖上,一只野鸭子伸长脖子孤零零叫着。仿在呼唤另一只。细想来,世上所有的"另一只",都深浸于虚无,都不过是另一幅被弄脏的自我的镜像。为何我们总放不下系在"另一只"上的一颗心?我们放不下,删除才显得那么美。

八一〇

午餐。盘子里。鱼唇上卷着细白的浪花。筷了上退不尽的湖水。我慢慢地,慢慢地吃着。筷子是我们面向万物的凶器。筷子在追逐着湖水深处的鱼群。我吃鱼,是因为我孤独。

八一一

人类最伟大的冲动之一,是刺血写出种种"伪经"、舍身去实践种种将被证实的"伪真理",用语言构筑种种幻境。当我们享受种种语言之幻境,甚至不惜以切实的生存与之置换。撇开伪之论定不谈,"虽千万人,吾往矣"之境地,一种全然的伪以其单纯而足为一颗伟大心灵的容器。

八一二

伍迪·艾伦*曾说:"此生最大遗憾就是,我不是另外一个人。"

这个悖论的妙处在于,当我成了"他者"之后,那个"原我"可能成为第一个你想返回的"他者"。人对自身的缺陷都有一种致命的依赖,正因为没有实现全部的自我排除,才有"他者"的概念。而你所欲置入的不过是自我的另一部分而已。

八一三

湖水安静得像一张大独裁者的脸。湖边的桥洞里,每晚都睡着这个邋遢的老年流浪汉。裹着一床无言的老棉被。一年多了,我从未见过他的脸。我想他或许长着一个真正的独裁者的脸。听着他旁若无人的鼾声,我有一种说不出的快意。桥上车声隆隆,人们在呕心沥血地加紧建设一个与他毫不相干的新世界。

---

* 伍迪·艾伦(一九三五—),美国导演、编剧、演员、作家、音乐家。代表作品有《午夜巴黎》、《安妮·霍尔》、《汉娜姐妹》等。

八一四

孤鸟，不因身在鸟群而弃其孤心。群，不过是孤者的短暂集合。孤不是状态，而是立场。一孤念动，身在亿万。湖边，点点之白。孤鸟转动它冰冷的记忆力，其中一只，犹记得它曾经是我，或记得我曾经是它。

八一五

入冬的桦树，是湖畔的苦行僧。它映着远处破亭子，把一幅深沉的好画轴钉在我眼球上。它为何这么简单就表达出了它自己？只几根光秃秃的枝条而已！而我仍不得不寄身于这么复杂的情感、复杂的修辞、复杂的关系中，连散步都心神不宁。湖边的一切，都被卷入我复杂情绪的漩涡里。是我造成了万物在此漩涡中的挣扎。我的痛苦，正是这难以寓繁于简的漩涡经久不息的痛苦。

八一六

空气中充满了闷棍。
只有被击中的人才觉得自己像一座语言的废墟被唤醒。

八一七

初冬湖面——一张越擦越亮的冥思的桌面。

围湖长堤像一根绳索捆着这湖面，某一日，它将捆着它远去。这如同两个人的故事。一物的呼，与一物的应。枯枝横着，倒影像湖底伸来的呼救之手。两只银白小鱼游着，一只静静跃离水面，另一只拂袖而去。如此的呼和应慢慢融化着我僵硬的心。唯此一刻，觉得世界是可解的。

八一八

当诗是山头浪、火中莲，它最好仍是水中莲、河中浪。把诗写得过度有趣真是一种罪恶。

八一九

那一年世界还小得不能独自在针尖上旋转。她在针尖上寂静地闪耀，胆怯地闪耀。除了生病的姑姑，她不认识任何人。姑姑牵着她穿过赤道，穿过泥泞说话的田埂，穿过在星群之上冒泡的池塘，穿过刽子手只有身子而无头的丛林。她欢快地长到四岁。姑姑将她牵至一座孤坟边，自己扒开黄土钻了进去。留下她独自在这颗浑浊的星球上，又长了一岁。现在她衰老得牙齿已松动，在今晚，昏迷的白炽灯下，久久看着一个球体在针尖上慢慢转动。

八二〇

　　人类想象力为万物抹上金辉。唯有上帝曾经这么做。
　　此刻，跃出水面的鱼正是瞬间的上帝。

八二一

　　我在描绘一棵青菜时遇到的阻碍，几乎与描绘上帝一样多。无论在有着精确刻度之物面前，还是在虚无面前，我们都不得不屏住呼吸，无法谈论语言的自由。

八二二

　　当一条鱼跃出处女的内裤，我们甚至怀疑她那里收藏了一艘航空母舰。
　　愈是精确的细节之后连接着愈是神奇的幻觉。

八二三

　　我们的视角有太多的转换。一个背着大提琴穿过肮脏街道的孩子刚刚冲入小巷的一刹那，在树的眼中像一条鱼跃出水面。
　　多年以后，大提琴手变成入殓师。

八二四

柳树具有与我对话的强大能力。它体内被索问的空间远比我的要宽阔,它也几乎能从我的任何提问中找到遁去的小径。

八二五

我无法向柳树介绍一棵榆树。榆树也无法将它极美的神经错乱感受告诉我。三者间完全的隔绝恰是自由最充分的基础,也饱含写作最原始的冲动。

八二六

在一棵柳树体内深处,我看见榆树举着一盏灯。
在柳树无法自证的时刻,我们需要一棵榆树。在一张脸的深处,我看见另一张脸举着灯。

八二七

这条鱼还能跃出水面吗?
假如我们往它腹中填充的不是泥土而是简单的笔画与无端的臆想。

八二八

我的眼皮跳动一下，或任何一条鱼轻轻摆动尾翼欲跃而未跃，整个宇宙的结构就因之改变了。我们知道想象力参与了宇宙这座宏伟建设的基本结构施工，只不过我们不知道它搭建的是哪一部分：是可见的？还是不可见的部分？

八二九

按海德格尔的想法，"大道"一词应该删除。因其一旦说出即堕入"意思"，岂非"尽入死门"？这个卡在可说与不可说缝隙里的干瘪老头，终未能逢老庄而寻得脱身之道。

八三〇

诗人之自杀向未得到最充足的理解。在捍卫一种受世俗生活所凌犯的艺术纯粹性与赴死之心间，确实存有两难之境。而赴死之心对一个诗人来说，有时仅限于一种想象力，他觉得在那上面死去的只是一个假想敌。

八三一

真正的干净，是肮脏之中在拒绝的那部分，是拒绝本身，而非洁白的一动不动。

八三二

初生的月亮仿佛来自子宫，是暗红色的。

春风把癞蛤蟆的心吹得暖融融的，把恶人的心吹得暖融融的。

八三三

我的椅子总是离地半尺。

最凶狠的撕裂是为了迎接最致密的缝合。

八三四

量子力学的纠缠态实验一拳击溃了唯物论这堵烂泥墙：同一来源的两颗粒子，哪怕相距亿万光年，一粒被扰动，另一粒瞬间即能感知。

爱因斯坦[*]曾说："鬼魅般的超距作用。"万物有灵论虽不新鲜，却不失为缓释人类焦虑之良药。《首楞严经》早已有述："汝爱我心，我怜汝色，以是因缘，经百年千劫，常在缠缚。"

---

[*] 爱因斯坦（一八七九——一九五五），物理学家。一九二一年获诺贝尔物理学奖。

八三五

需要一种能横尸街头的语言，来匹配我们终将横尸街头的现实。

八三六

来自传统的困扰，远远大于我们从它那里捕获的惊喜。
出乎多数写作者预料的是，此困扰对他们的铸造之力要远超此惊喜。

八三七

当禁忌潜至一个人意志中，对他的写作意味着什么？
比如，杜甫绝不吟咏海棠。对海棠而言，这个强力诗人莫名其妙的禁忌是另一种创作。这种创作不诉诸语言令人费解，也更令人难忘。
这个禁忌会逆溯至杜甫的生命而让我们时时臆测他的"绝不"。莫非禁忌本身是诗人故意悬置的一种密码？

八三八

每一个伟大诗人都被他选定的对应物那无言的智慧所拯救。

八三九

他在灯笼中射虎——一种古老的破谜游戏。

智慧让钉子摇动后回到原来的位置上。对所有人而言，它从未发生过。

我们假设我们真的需要一个谜底。

八四〇

独自在书房喝酒。善本，尽在午后的泡沫里。

扉页上的壁虎瞪着我——有一半的身体枝头闲置。尽管是清凉的，仍被那绞索吊得很高。在新年的第一天，你的身体被仔细地描绘过。斜塔在水边。你在一棵树下。掀开《宗镜录》，身子在一块偶然的卵石上滑出很远。

八四一

微风在两个拮据的耳朵间传递着问候。

"批判力的顶点，就是宗教，而所需的新的沉默尚未形成"——几乎是绝望的语调了，从树枝弹回来的雨滴。我们嘴中含着我们仅有的权利。

八四二

　　一个好诗人与他所在时代的语言流弊与积习之决斗，及此决斗催生的语调、气息，较种种与政治之恶的决斗更为惊心动魄，只是要隐秘得多了。而且，好诗人在后者之上也几乎是从不缺席的。

八四三

　　不管这条鱼潜存于哪条河中、哪一片水域下，不管它何时跃起，我知道它终将为我所见、所述。它终将被我逼向穷尽。
　　除了偶然性把鱼从万物中剔出并运至我的笔下，你知道，此刻布满我全身的都是硬邦邦的必然性。

八四四

　　如果你觉得这条鱼体内空空荡荡、一无所有，那么你可以重新审视一下你自己。并请把你从形式的清单中孤立出来。

八四五

　　血液流动的声音中，充满极微而燃烧的球体。有一双更微小的手在这球体上扑火。无数双小手连贯而涌现水流之声。

我记得从前寄居于一条鱼体内的生活。

八四六

只有被最充分践踏过的生命才是艺术的沃壤。我知道他们集合于何处。换句话说，艺术最大限度源于对其一无所知且可以全然不需要它的底层人群。他们与艺术的最深隔膜，也恰是一种最本真的力量。不因为别的，只因他们有真正的屈辱感。唯屈辱中才存有最深的共识。

当艺术和革命、泪水是同一来源，为了追溯出自我，诗人必须建造一座语言的大厦来供养这屈辱。

八四七

我们今天所见之鹤，作为一个符号在古时候就被掏空了。只为了证明时间流动的连续性，它的躯壳才被传递至今。

鹤之上坐落着形式主义的最后殿堂。养鹤是一个垂死者才能玩下去的精神游戏。

八四八

物在我们的语言所延伸的那部分中，布满幻象。蝴蝶中的庄子、"梁祝"，月亮中的嫦娥、永在被伐的桂树。当树的形态不来自树本身，也不来自剪刀，而出自漂移不定的园丁之内心。这幻象的部分恰是我们最大的限制，我们唯有清空才能获得新的空间。

我们都睁着一双无法还原的眼睛。

八四九

我被捆绑在"我们"之中。"我们"正是我的疆界。

而被谈论最多的仍只是绳子和被捆绑的伤痕。因为谈论"我们",正如去撞一堵坚壁将被它狠狠地弹回。

八五〇

一个惊人的事实是,这个时代与它的细节过度地相互消耗了。我们沉溺于这种美学、商学或纯器官性的相互消耗中,沉溺于洞微察末之美中,而忘了对这个时代最基础最庞大的现象作出评判。

八五一

是啊,在手头这本硬皮书中滑入明亮的米沃什*而不僭越这具躯壳,该是多么地叫人惬意。

看看吧,他亲手制作的卷轴和钓竿(这可不是杂货店花两毛钱,或靠撒谎能骗得的那一种)。背着手,踱到墙角,种下"菊花"这个名词,又趁狗性阑珊,练习一下"剥皮"或

---

* 米沃什(一九一一—二〇〇四),波兰诗人。一九八〇年获诺贝尔文学奖。著有《被禁锢的头脑》、《伊斯河谷》等。

"菊花"在希伯来语中的发音。

除了这个,今夜我还有什么可干的呢?

八五二

三吨月光倾泻。穷人家屋顶得到的,更多一些。在孔镇,陶老头快断气了。他抓住一把盐闻着,闻了又闻。月光让盐粒闪烁。要闪烁,就应该这般不为人知地闪烁。墙外,小陶在掘井。

三吨重的月光,他挖成的大坑独享了一吨。

八五三

他坐在书房小盹。身边的事物一动不动,他却感到一种急速的丧失。朝着一个微小的漏斗在失去。他触摸到这丧失,像一截挺着的烟灰,一捅即破。为了抵抗,他点亮了屋内所有的灯,关闭了所有的门窗,在沙发上昏沉睡去。当错觉中的身体慢慢蜷成,一个漏斗的形状。

八五四

我认识一个老兵,有两箱废弹片。据他说,一箱是胜利的战场上收集的,一箱是失败的战场上收集的。他每天拿着放大镜,举着失败的弹片细看,喃喃自语。一看二十多年。胜利的弹片箱从未打开过。他孙子疑惑,从胜利弹片箱中取出一片让他看,他仍然那么入神。未觉得有什么异常。一次搬家,孙子将两箱彻底混到了一起。老兵哭了,没两天即死去。

八五五

闭着嘴,沿湖跑动。我嘴中有棵柳树从未被说出,有种湖水从未被说出。

当主动的湖水深嵌着被动的柳树,当现象的柳树覆盖着语言的柳树,当"我说出"遮蔽着"说出我",当柳树由经验的一棵变成超验的一群,我体内有另一个阴郁的我从未被说出。这阴郁愈行愈速,将一个我追逐成漫天的一群。

八五六

遍地的柳条,遍地的绳索:人被捆绑在语言中。遍地皆绿,那就让我这根枯枝旁逸斜出一会儿。让湖水映着我的不合时宜。让湖水映着我的愚蠢。

我既呆坐湖边,又目睹自己在湖心不停跃出水面。彼此的换形、相互的松绑、一致的掏空,愿语言这根绳索永把我与最缄默的物体,共绑于自由价值的最小囚室中。

八五七

柳树被每一个看见它的人改造着,被每一种意象剥夺着。

它在现象中一瞬不止地流失着。这让语言对它的原点打击成为不可能。

既然单一的原点只是语言的一个梦,那么我们何不时髦地谈论一番:莫言是如何成了蒲松龄与吴敬梓奇妙的合体*?

八五八

跑步。浑身布满一闪念。我的身体正是一闪念的集中营。

写作犹在无数一闪念的漫长卷轴上铺展,预设的是图穷匕见,虽每个细节都能感受匕之寒意、匕之逼迫,但最好是它永不显现。鲍照说:"凿井北陵隈,百丈不及泉。"妙就妙在"不及"二字。不及,才有永恒的饥渴和淋漓的敌意。杜甫说:"良工古昔少,识者出涕泪。"

八五九

当我跑至湖边,湖水刚刚形成。当我看它,我的眼睛刚刚形成。当我感觉到敌意,语言刚刚形成。所有关于旧的追索都不过是现象的断头台。当我写下"昨日"二字,它在这一刹刚刚形成。所有人与物的传统都不过是一种假定。正是对此假定的饥渴,让这风轻让这月明,抖动我饱含四十余年虚值的骨骼。

---

* 莫言(一九五五—),小说家。二〇一二年获诺贝尔文学奖。著有《檀香刑》、《丰乳肥臀》、《生死疲劳》、《蛙》等。蒲松龄(一六四〇——一七一五),清代小说家。著有《聊斋志异》。吴敬梓(一七〇一——一七五四),清代小说家。著有《儒林外史》。

八六〇

对信息过度接纳，人被信息过度消耗，使这个时代的严肃性和深层趣味正急剧丧失。往昔庄重的宫殿消解了，知识和经验日渐轻佻。欲望也失去那种在抑制和有限中的美。世界将加速在自我厌倦的平面上滑行。再难产生因一生专注一事而一技通神的匠人，再难产生一辈子在冷板凳上坐视千古的读者。

八六一

没有棱角切割虚空的内心，哪有棱角切割虚空的庭院？
所以，曲径可以藏名，波平犹如一哭，蓊郁唯欠一死，余声足抵平生。

八六二

我们从自己体内掏出泥土，塑成菩萨，供在云雾升腾的群山。
她微笑，映照我们浑身的缺口。

八六三

夜间柳树是透明的，也是敞开的。我把自己慢慢往里面塞着,直到"我"溢出来。直至我自己也拂动起来。

我往柳树中填充着色彩、语言、眼睛和不安。我有物性,我更有物哀。

八六四

远处。十字架冲上老教堂的屋顶,迎接更深的黑暗。若它是征服,那么谁将是觉醒?脚下。黄土中小草返青。黄土——这个疲倦的老妈妈,把小草这群瘦弱的、被踩躏的、被雷电击过的、被烧成灰过的苦孩子,又拉扯大了一岁!她终于可以沿小路快速冲到一个无名之地,去大哭一场了。

八六五

学习这株柳树。它无限柔软地与风同展。它凌乱的拂动中仿佛藏着迎向自身的深深一问。

在语言中抵达它似有似无、似行似止的魔法。

八六六

世上唯一可与天籁媲美的声音是:两个词撞击的声音。两个词在诗中突然击垮作者的刻意安置,神秘又漫不经心地撞击后,那充满况味的余响。

八六七

史铁生*是本时代的一个失踪者。他的端方、干枯对应着时代的过度机趣和油腔滑调。他卑怯的"他者"身份对应着时代漫溢的自得。对身体而言,他的病是一次痛苦的提问。而需要答案才能活下来的,不是他恰是我们。我们永远看到两个史铁生在纠缠,印证着我们的分裂。

八六八

陶渊明:"试酌百情远,重觞忽忘天。"杜甫:"数茎白发那抛得,百罚深杯亦不辞。"黄庭坚:"朱弦已为佳人绝,青眼聊因美酒横。"**

宋境比晋、唐差了一口气。

八六九

诗借道语言作用于人世的万千努力中,以徒劳为最美。万千功用中,以无用为最美。这是美的尺度,也是诗作为现象的最本质的东西。

---

* 史铁生(一九五一——二〇一〇),作家。著有《务虚笔记》、《我与地坛》等。
** 陶渊明(约三六五—四二七),号五柳先生,东晋诗人。黄庭坚(一〇四五——一一〇五),号山谷道人,北宋诗人。

八七〇

　　写作建立在个体生命的醒悟之上,然而写作的道义并不在此终结。事实上,我们每次写作,都动用或摹拟了别人置于我们体内的积累。这积累,一部分来自我们自主的选择。更深刻的部分是被强行放入的:读到强势作者,内心仪轨的被更改几不可免。且最重的积累往往不来自文学而来自宗教或完全无意于立言的人。

八七一

　　一株老柳:
　　它从我的披头散发中看见它,
　　我从它的披头散发中看见我。

八七二

　　传统的最大敌人从来就不是反传统,而是伪传统。负面的承袭——比如习惯性把"现象界"分为雅俗二界,称寄托虚拟人格之物诸如松竹梅为雅、市井与日常为俗。将万物人格化阻碍了对现象的深究。哪有什么雅俗?没啥比罕见人烟戈壁上一泡热屎更雅了。继而无创,正如当下之手在古物上刻下"到此一游"。

八七三

　　一个通体油腻的主妇挥舞着锅碗瓢盆在厨房内谈论诗与哲学，几株柳树在湖边与恼而跃起的小鱼谈论诗与哲学，有什么不同？
　　于我则分毫无异。我只是偏爱静泊一点的工具而已。

八七四

　　诗徒劳地去恢复一种自然准则在丧失之前的状态。
　　有时它亦会在此恢复中摆脱所寻之物的羁绊，而化成诗意盎然的徒劳本身。

八七五

　　如果世俗中有一种"无处安放之物"需要揳入诗中来求得庇护，那么诗人就有某种天然的道德义务用语言来守护它。此揳入会挫败一些诗人的世俗生活，以致他们企图用自杀来化解这种冲突。

八七六

　　我们有关诗的一切争辩，同时适用于酒池肉林和禅。
　　正如，鱼之一跃在不同的光线中、不同的瞳孔里。

八七七

克罗齐*在他的语言哲学著作中曾连用七个僵硬的排比句，以"艺术不是××"的句式。

而艺术最悠长的一种深味，却在于"是"的方式和旷达不羁的"是"的勇气。

八七八

即便"先锋"这杆旗被当代艺术擎着已成破竹之势，它也难逃桑塔格所讲的"必成商业文化、广告文化一个分支"的魔咒。已极少有人敢承认我是旧的、我不能。

然而，"不能"往往是最大真相。哪有新与旧？唯心性不流逝。不屑像刀子，口袋捂不住——巨石露褐色的不屑，竹子露绿色的不屑，我露黑色的不屑。

八七九

父亲是寡言的人。直至临终，我仍能从他衰竭面容中捕到一丝微妙的害羞。他勉强念过两年私塾，也从未听过他有任何不凡的见解。奇怪的是，不管遇什么难事，我总存着一种最终的寄托：向他讨教。幸亏从未向他讨教，他能完整地

---

* 克罗齐（一八六六—一九五二），意大利文艺批评家、历史学、哲学家。著有《美学原理》、《逻辑学》、《历史学的理论与实践》等。

携他的莫测长眠地下。而在我经验的最底层，又总觉自己必将扒开那山冈：终会一问。

八八〇

只有少数瞬间，我懂得了什么是"信心清静"。

多数时候，陷在各种事件里、各类情感里不知所措。茫茫然，没有此、没有彼。比如此刻，屋里的每个物件，杯子、椅子、光线中的浮尘、旧碟片、壁上的回声，包括这件硬陶，都像从我身上割下的碎片。

八八一

语言的世界有巨大的投影。此投影即现实的世界。这因果不能倒置。它们相互的批判，正是诗人的存身之所。我听见：语言的斑鸠，在反驳树上的斑鸠；语言的青蛙覆盖了夜田的青蛙；抽象的我中坐着实在的我。

两种斑鸠两层我，正从语义上掏空彼此。是本质的二拖垮了现象的一。是无中的我击倒了有中的我。

八八二

见两个光膀子的，在夜间路灯下吃瓜。瓜放砖上，咣地一拳砸下。一人抱一半。不吱声，猛烈地啃，整张脸都埋进去了。没走多远，听见背后咣地又是一拳。多年前，我也常是这个吃法。可惜了,这些年提刀切瓜,已废掉我这只牛×的旧拳。

八八三

痛苦是一种能力,我看到社会肌体正快速丧失它。时代的自我,在情绪阶段就完成了,不再下沉去追索这种能力。既无力处理个体悲剧资源,也无力反思种族集体性沦陷。没有痛苦只有情绪:痛苦向来蔑视自身的对立面,而情绪时刻都在对立中。大家都抢着在情绪阶段发言,很少有人有能力沉到痛苦的淤泥中才开口。

八八四

鱼从河中跃至我语言学的砧板上。
我研究的是它延伸的部分而非死亡的部分。我创造的是一种让它活下去的语境而非水与空气。

八八五

观看的困境在于我们不能在语言中证实对象物的确定性。我们喝怀疑的母乳太久了。

八八六

长堤上，柳树呈现一种被催眠之后的美。
一种无须确认自我，也无须否定其余的懵懂之美。

八八七

对哲学真正有益的，或许只是诗歌体内的病征。这两者间互开药方互下猛剂，历来是病之显征之一。

八八八

古希腊的修昔底德*认为人的原始动力有三个源头：恐惧、荣誉和利益。我们所谓"功利"二字的演绎，不完全对应了后面两点。而对未知、对社会秩序中混沌而莫名的恶之源的恐惧，或在先秦时还有一些，在此后的精神构成中则荡然无存。真正的赞美源于恐惧。这是关键的缺失，也是我们的语言创造物本质羸弱的根本。

八八九

这个时代最重要的主题，我觉得并非别的，正是"匮乏"

---

* 修昔底德（约前四六〇—约前四〇〇），古希腊历史学家。著有《伯罗奔尼撒战争史》等。

二字——由过度的物质、过度的欲望、过度的信息堆积而成的匮乏。倘以前,由诸种不足导致的彼匮乏,折磨的是身体,那么由过度而致的此匮乏,直接消耗着意志力。

此匮乏,有更多的戏法、障眼术、变种。与它对应的写作,是以语言的困境去逼迫生存的困境。

八九〇

赫拉克利特*说,人不能两次踏入同一条河流。后来他的一个债务人拒绝向他偿债,依据是现在的赫拉克利特不是曾借钱给他的赫拉克利特,而他自己也不再是那个举债的人。

只剩下我和我所述说的鱼是赫拉克利特的债权人。

八九一

在一种很深的失语症中。每天喧嚣过眼的大量文字、影像,还没刺破我们的皮层就已散去。我们的听与说之间,隔着可怖的漫漫空白。曾有两类可敬畏的:要么予我们以大象的整体,要么潜行至大象的 DNA 中秉烛洞微——都不见了。

占据生活的是病态求异之表演,是自我的炫示。我在间歇性失语中。散步湖边,柳榆礁石也在失语中。凋零之美,我看得更久。沉默时而是真正的语言英雄。

---

* 赫拉克利特(约前五四〇—约前四八〇至前四七〇之间),古希腊哲学家。

八九二

废弃小园不知自身已被废弃。垃圾铁锈与枯叶交织的气息,而墙外修剪整茸的灌木呈现强制性的美。两种景象对峙着。其实并无对峙,是人类以为的对峙在对峙着。这就是我们的有限——无时无刻不在强化着此限。

人因有限而现形,因有限而爱。我们游弋在有限这口油锅里,何时重获当初在河水中那种自由呢?

八九三

多莱茜·华兹华斯在日记中记述:"威廉*如何整日里,为寻找一个关于夜莺的比喻,而筋疲力尽。似乎激情的折磨漫无边际。"这是一例诗被囚于修辞的典例。另一个范例是贾岛**的"两句三年得,一吟双泪流"。

他们彷徨于诗的产生方式的误区内,期待某种外力促成的偶遇,他们难以进入诗最瑰丽的自在、自得之境。

八九四

我驱车前去扬州。刚驶入高速公路,忽然涌出一种异样

---

* 威廉·华兹华斯(一七七〇—一八五〇),英国诗人。著有《抒情歌谣集》、《丁登寺旁》等。多莱茜是他的妹妹。
** 贾岛(七七九—八四三),唐代诗人。

的预感。这异样卡在喉中，无以言述。我随即掉头而返。

我知道，埋伏在前路上准备偷袭并一举击垮我的某物，无形而诡异的某物，也不得不愤怒地起身离去。

八九五

万千雨滴中，有一滴在痛苦地翻滚着。我确知有这么一滴，但却无力将它从万千雨滴中析离而出。此痛苦不来自它在万千之中的深藏，也不来自这万千自体的繁密，它恰好坐落于观察者为这一滴而强设的"分别心"之上。

八九六

来自任何方向的对写作的干预力量，倘被前置为写作的目的，都将遭到写作本身的竭力抵抗。

我们确有能力令语言聚沙成塔，但堪称伟大的写作依然是令塔之幻影渗入每一粒沙子里。

八九七

只活几秒的飞蠓也有对永恒的渴望。它们一样攻城掠寨、划分流派、建立纲领。它们发出自己的吼声。但我们听不见飞蠓的吼声，也听不见樟树、蜘蛛、灰鼠的吼声。我看到对面窗内，绝望主妇趴在男人身上做爱，器官的运动美如浮云。但一朵浮云听不见另一朵的吼声。我们因于愈来愈小的自我，化成灰烬也不被墙外之耳听见。

我们止步并沉醉于的是墙本身。

八九八

拦波堤上飞逝的出租车、下夜班的白大褂护士、卖羊头的大排档、夜巡的蝴蝶和它体内的庄子、抓着松枝下坠的露珠和它体内的加速度、湖水中旋转的星斗和那些在大质量星球边坍塌的光线……这些都是我每晚必须吞服的药片。它们也从四面八方注视我、吞下我。

我们互为解药以平息我们庸俗不堪的言语孤独症。

八九九

母亲老了,指尖棉线总也穿不过星际黑洞般巨大的针眼。她败给一根棉线的日子越来越多。

棉线、针眼、黑洞中住着平均的佛性,而我们却在选择中耗去一生。做刽子手还是做一个冤魂?做一个教皇还是妓女?做一堆牛粪还是六和塔?都会在排水沟里一模一样地流尽。谁的母亲?我从门缝窥见她在用一根神针纳鞋。鞋上,儿子无路可走的大脚将从天而降。

九〇〇

诗之工成于琢磨,工之效则短促而易损。诗之境成于相遇，境之色则久长且益增。这不是曾经的诗学，而是永恒的诗学。

九〇一

夜间竹林麻雀喳喳。

记起母亲说起那一年的大饥荒，行人饿得行走飘浮，像一张张纸人。麻雀无处觅谷，飞得无力，行人抓住来不及拔毛，就活活地吞下。从此我见麻雀就觉是从死人喉咙飞出，从我八岁就饿死的姑姑喉咙、从十多个乡邻的冤魂喉咙飞出。

如今我头顶的飞行，皆为清晰的祭器。

九〇二

墙角堆着刚买的青菜。它将消失在我的嘴中。或将消失在夜间神秘的虫子嘴中。世上多少不可一世的君主和他们的国度逝去，羸弱的青菜却死而复生，年年远行至我们脚下。它苍翠的充盈与我们永填不满的匮乏。当一种东西将它自身的凋零、消失悬于我们的头顶，还有什么比它更助长我们的语言经验？

当消失如此地赤裸裸……

九〇三

小时候顽劣无比。母亲常用柳条狠狠抽打我。有一次我绕着池塘逃窜，母亲久追不上，就站在那儿哭泣。我掉头回到她的柳条之下。当年挥舞的手如今老去。许多时刻想回到她的鞭挞之下。抽掉我的声色犬马、日渐虚无，抽断幻我万千，抽出肉中黄土。世上的每一个母亲包括母马，都有权置我于鞭挞之下。

回到世间每一根树枝的鞭挞之下。回到每一个汉字的鞭挞之下。

九〇四

我每晚散步有固定的椭圆轨道。

绕着以翡翠为名的一片湖，像坎坷的行星绕着恒星。对岸的人看见恒星在我身上的反光。我的克制、我的匀速、我庄严的屁股，都是他们臆测的目标。他们发射机械人来我体内探险还是密谋将我摧毁？他们是知道一有多种、二无两端的人类。在他们眼里，我这个异己通体蔚蓝又难以告人。

九〇五

广场上高大的雕像。企图通过大理石实现永生的人。或不止他，是自古的某一群。他曾令人间致幻。如今的醉汉们在雕像基座上撒尿，衣衫褴褛的流浪汉围着它酣睡。路灯下暗娼浮动，霓虹刺目。近处排档鼎沸，远处食色似梦。印满誓言的废报风中飞舞。这就是人世：迷茫、混乱、幸福。对着这人世，我想雕像应哭泣，也应跪下。

九〇六

　　许多时候我们被一条鱼的丰富性吓住了。

九〇七

　　世间万物都是灵智实体，它们本身是敞开并能随意穿越的。一块磐石对我们显示出来的禁锢与不能对话，本质上源于我们语言的禁锢与实体的奇异友情的匮乏。对于仍在封闭中的实体，语言要做的第一要务是：听！

九〇八

　　新年第一日，变散步为跑步。我跑得太快了，快得七窍生烟。这可能源于一种恐惧——我不知自身将"新"在何处？来自旧的引力与对旧的拒绝在我身上汇聚。正如此刻，我以不变应对暮光的七十二变。倘从七十二变中的暮光中看我，我的不变才是惊心之变。我跑得太快了，在快中一动不动。

九〇九

　　击中一个人的，向非全貌，而是细节。不是呈现出来的细节，而是雕它而出的那只手。不是那只手，而是控制着手的那颗心。不是那颗心，而是此心在无限混沌中突然涌出的刹那清明。甚至,不是这刹那清明,而是何以有这清明!

"何以",是一切神奇语境的根本。

九一〇

我确实太笨拙了。当笨拙作为自卫的武器时,它常是失效的。

而当它转为攻击的武器时,我又几乎找不到目标。

九一一

灰色的街头,怒民如鲫。想想我写过的诗和小说中,也是怒民如鲫。我几乎写不好真正安静的人、真正安静的东西。玻璃杯中一动不动的蛋黄,湖面上生而无主、随波逐流与涟漪合为一体的野鸭子。我写不了它们安宁的神性。我的怒民如鲫,让每个字的写下,都含有一种古老的复仇。

再没有别的写作比这个更近乎无为的犯险了。

九一二

鱼并不能跃出它在语言之中的可能性。

九一三

据说鸟儿胸膛被荆棘刺穿之时,它的叫声最是激越悠扬而且全无哀伤成分。自知临近死亡之时,意志力中的杂质即会被最大程度地滤净。

当一种语境逼近诗本身时,它会置自己于这样的险境。

九一四

诗歌对天赋的抗拒比它对天赋的依赖更符合诗性本身的自律。

九一五

听不到俗世对诗的呼救是一种人生的失败。听不到一个时代中诗对自身的声嘶力竭的呼救,将是真正彻底的无可救药。

它标志着一个时代的人本身在语言中的失踪。

九一六

诗面向自身的沉溺,比它面向万物及世相的沉溺更为惊人。

如果将这两个过程判定为同一的过程,无疑我们将陷入诗本身设立的一个伟大圈套。

九一七

　　诗对物象世界的无穷索取，物象对自身诗性的无穷索取，是我此生遭遇的最美现象。

九一八

　　一个从不阅读诗歌的人是一个长睡未醒的人，他弃绝了对自身最有力的挖掘。或者说，一个人从不读诗只是他自身最深的一个假象。

九一九

　　诗的自由从不是一种盲目无着的自由。
　　它是以语言的绞索将"名"与"实"两者都牢牢捆绑于具象之中，而此具象又内生出无限空间、能够无碍呼吸与生长的自由。

九二〇

　　一个诗人无论其自身的俗世生活多么混乱不堪，总会有一把豁然开朗的钥匙存在他的语言系统中。阐释一个诗人，必须找到这把钥匙。
　　这种双向的有源可溯，可视之为诗被上天赋予对它的作者形成打击或精神上的巨大逼迫，而不在于一般经验型思维的公设中。

如果找不到这把钥匙，我们必须为他强行铸造一把这样的钥匙。

九二一

诗对现象处理完成之后才会寻求对语言的处理。前者会把一种巨大的惯性延至后者体内，不认识这一点就无法理解诗中许多全不可控的"谶语"。

九二二

诗对世界的惊奇、智慧、修正都源于自体天生的矛盾。

它表象上的单纯对应着世界的复杂，它本质上的复杂对应着物象本质上的单一，它五彩的变轨对应着世界径直走向的死胡同。

九二三

诗深渊般的自恋是诗人的通病，也是世界的解药。它在语言中的自我轰鸣是世界最惊人的美学。

九二四

　　诗歌的现实主义有时造成一种深重的自体麻木。这麻木源于对现实的抵抗被众多诗人作为一种荣耀，而非作为写作的一种必须却平凡的原料。

九二五

　　不同于海德格尔对荷尔德林发出的哲学对诗的呼救*，诗对哲学之所求，在于确立某种限制以与体内过于巨大的弹性达成微妙的均衡。
　　哲学可以整体上是一首诗，而诗不可能止步于一个小于自身的容器而成为哲学。这种不可能，是诗最本质的特性之一。

九二六

　　死亡在任何诗中都应得到体面的反讽。

---

　　* 海德格尔在《荷尔德林的诗之阐释》中说："因为荷尔德林的诗蕴含着诗的规定性而特定地诗化了诗的本质。在我们看来，荷尔德林在一种别具一格的意义上乃是诗人的诗人。所以我们把他置于决断的关口上。"

九二七

　　当目睹一条鱼跃出河面，一个诗人最应受到的教育是万物尽愿匿己埋名于永恒水面之下的谦卑。

九二八

　　当情感的加速度与语速成反比时，一首诗的表现力将出现倍增效应。从阅读的角度，语言对速度的消费是诗歌的一块试金石。

九二九

　　一只苍蝇在我的书房里迷了路。它一会儿在我变幻不定的电脑屏幕上瞅瞅，一会儿嗅嗅兰花，一会儿用脑袋在窗玻璃上碰壁。在它的眼里，可能是我迷路了。它会嘲笑我一会儿在我变幻不定的电脑屏幕上瞅瞅，一会儿嗅嗅兰花，一会儿用脑袋在窗玻璃上碰壁。

九三〇

　　当鱼未跃出水面时，它并非一个纯粹的被感知对象物。它仅被作为"我"的一部分而埋伏于一种假定中——假定恰好游弋在可说与不可说的分界线上。

九三一

精研符号的有一大堆学科,而享受符号的仅有艺术。
剥开符号尽享它的形体及体内每一种恶习与每一场大病。

九三二

白鹭拖着一根弧线,快速掠过湖面。无数碎片构成的湖面。
世上真正忠实之物,都是这样既不立言,亦不立德。白鹭不知自身之白;不知它曾经是我;不知它是我时曾屡受这白色之累;不知人类唯依赖黑与白的对立幻觉才能完成对自我的消费。此"不知"美如薄雾。岸边仅我一人,我不得不代表全人类接受它的嘲讽。

九三三

今日小疾。无腿。无眼。无耳。无嗅觉。无身体。无茫茫然。无悚然一惊。无汗。无入暮之钟声。无长亭。河水尚未形成。无往事。无住。苦闷短于三尺,案牍消于无形。无饮。无别离。无涕下。
有一跃而无鱼。

九三四

　　制度让狮子误认为吃掉足够的夜莺就能学会歌唱。

　　而我们愈来愈发现，狮子远未杀尽，林中的夜莺已经不多了。当夜莺的梦想也趋向成为狮子以食同类，显然，我们离歌声绝迹的日子不远了。

　　语言并不屈从于这狮子之误。我们能从一个时代的文本中精准嗅出制度的气息，正如能从某首诗中的一声咳嗽，辨出夜莺般的曼德尔施塔姆。

九三五

　　有一种花。它的名字是：霍金在他否定早年创立的黑洞理论的次年春天声称虽然黑洞并不存在却一丝一毫也不能削弱上帝的神秘性而如果我们需向上帝寂如春泥的庭院中献上一朵花则必为这一种类之"繁花"。

九三六

　　只活几秒的飞蠓，一生就在这几秒中漫游。这几秒中有开阔的山水，也有无垠的别离。这几秒中有人慢慢地，慢慢地白了头。我在夜间公园漫无目的地走着。一边写下一边忘却。或者从未写下，也从未忘却。风儿扑面如大梦初醒。我在这里，也在那里。

多么好闻啊，到处是枯草焚毁的气息，到处是露珠刚刚诞生的气息。

九三七

诗是语言的幽灵，从工具性这一核心急遽向外逃逸。当它抵达与视觉、嗅觉、味觉、听觉接壤的边界地带，在五官的交集处，语言对这些感觉的自由体发起攻击。它因在搏击中的扭曲变形，以及深度的自我麻痹，而生出诗的肢体。

与其说鱼在河中，或河在鱼中，不如说河水在鱼的那一跃中，而鱼在河水的被撕裂中。

与其说诗在语言中，不如说语言及它与直觉的一场盲目之战共生于诗中。

九三八

下午。漫长的书房。我在酣睡。而那些紧闭的旧书中有人醒着，在那时的树下、在那时的庭院里、在那时的雨中颤抖着。一些插图中绘着头盖骨。那些头盖骨中回响的乡愁，仍是今天我们的乡愁。

我在古老的方法中睡去。

永恒，不过是我的一个瞌睡。

九三九

　　文学不会死于它无力帮助人们摆脱精神困境，而恰会死于它不能发现、不能制造出新的、更深的困境。

　　困境之存，诗性之魂魄也。伟大的写作者奔走于"困境接续"的途中，而不会长久陷于写作的技术性泥潭。此困境的巨大语言镜像，构成了文学史上的群峰连岳。

　　我知道，我屈居于修辞之中的痛苦一课结束了。